LUMIÈRE

ET

TÉNÈBRES

SCÈNES DE LA RÉFORMATION EN ITALIE.

TRADUCTION DE L'ANGLAIS.

—∘∘✦∘∘—

TOULOUSE,

SOCIÉTÉ DES LIVRES RELIGIEUX.

DÉPÔT : RUE ROMIGUIÈRES, 7.

—

1870

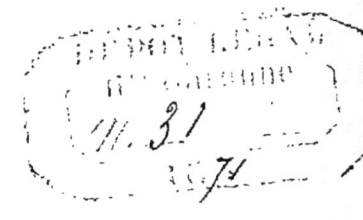

LUMIÈRE

ET

TÉNÈBRES

―――

SCÈNES DE LA RÉFORMATION EN ITALIE.

PUBLIÉ PAR LA SOCIÉTÉ DES LIVRES RELIGIEUX
DE TOULOUSE.

TOULOUSE, IMPRIMERIE A. CHAUVIN ET FILS, RUE MIREPOIX, 3.

LUMIÈRE

ET

TÉNÈBRES

SCÈNES DE LA RÉFORMATION EN ITALIE.

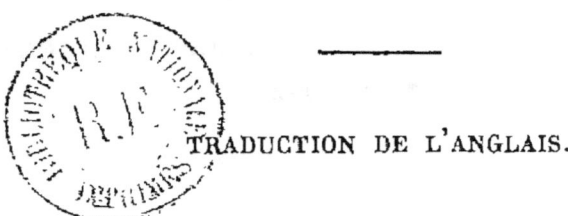

TRADUCTION DE L'ANGLAIS.

TOULOUSE,

SOCIÉTÉ DES LIVRES RELIGIEUX.

DÉPÔT : RUE ROMIGUIÈRES, 7.

1870

LUMIÈRE

ET

TÉNÈBRES

SCÈNES DE LA RÉFORMATION EN ITALIE.

CHAPITRE PREMIER.

Le rêve.

Un soleil radieux éclairait de ses plus chauds rayons la petite ville de Locarno; un ciel sans nuage venait se refléter dans les eaux transparentes du lac Majeur, tandis qu'une neige épaisse recouvrait encore les montagnes environnantes et donnait aux sapins l'apparence de noirs spectres.

Quelque circonstance extraordinaire agitait les habitants de la ville; car, sur la place du

Marché, des groupes nombreux gesticulaient et discutaient dans le dialecte des montagnes, les regards se dirigeant sans cesse du côté du sombre monastère dont les murailles grises s'élevaient à quelques pas.

—Que racontez-vous donc? s'écria une jeune fille qui, un panier sous le bras, vint s'arrêter devant une vieille marchande de reliques et d'images ; que des dames hérétiques sont appelées à comparaître devant Son Eminence?

— Oui, je les ai vues entrer il y a deux heures. Son Eminence a daigné consentir à les recevoir, espérant les ramener à la vraie foi ; si elles s'y refusent, l'Eglise saura les châtier, malgré Luther et ses esprits.

— L'Eglise voudrait-elle donc en venir à brûler les femmes? demanda, pâle et tremblante, la pauvre enfant.

—Non, pas ici, du moins ; mais elle a d'autres moyens de ramener et de punir les égarés ; et de son doigt maigre et osseux, Ursule fit un signe mystérieux.

— N'avez-vous jamais entendu parler du Saint-Office? reprit-elle.

Douze années auparavant, en 1543, le pape Paul III avait fondé, à Rome, la congrégation du Saint-Office ; il avait nommé six de ses cardinaux inquisiteurs généraux, avec pleins pouvoirs d'user de tous les moyens pour extirper les croyances luthériennes : ce fut à dater de ce moment que la lumière divine commença à s'éteindre en Italie.

Catherine, la jeune paysanne, n'avait jamais entendu prononcer le mot terrible qui bientôt devait porter l'effroi et la persécution d'un bout à l'autre de sa terre natale. La mère Ursule, il est vrai, n'en savait pas beaucoup plus; mais, appelant à son aide son imagination méridionale, elle parvint à donner un aperçu qui vint répandre une pâleur de mort sur les joues de celle qui l'écoutait.

— Pauvres, pauvres femmes! murmurat-elle; tout ce que j'espère c'est que Son Eminence parviendra à les convaincre de leurs erreurs. Quel malheur que de naître hérétique! Mais, dites-moi, je vous prie, mère Ursule, qu'est-ce donc que ces luthériens ne croient pas?

— Ils nient tout, répondit celle-ci d'un ton péremptoire; ils ne croient pas aux saints, moins encore à l'adorable sacrifice de la messe, affirmant que tout morceau de pain est aussi sacré que la sainte hostie; ces mêmes oreilles que vous voyez là ont entendu la femme du médecin Montalto déclarer hautement que l'extrême-onction ne peut sauver une âme qui a vécu dans le péché; quant au purgatoire, ils ne veulent pas en entendre parler.

Ursule parlait encore lorsque, saisissant le bras de sa compagne, elle lui indiqua du geste deux hommes qui venaient de traverser la place.

— Le voilà! c'est le docteur de Montallo, le meilleur médecin de Locarno, si bon pour les pauvres; et ce grand jeune homme que tu vois près de lui est un étudiant de Padoue; son nom est Altiéri Francesco : il m'a guéri de ma terrible toux, et ressemble à mon fils Giovanni.

Marchant toujours, les deux hommes passèrent devant le couvent sans s'arrêter, et, au grand regret des assistants, ils disparurent bientôt dans une rue étroite et sombre.

C'était en vain que depuis deux heures Son Eminence le nonce du pape, Riverda, évêque de Terracine, cherchait à convaincre deux faibles femmes de leurs erreurs. Ni menaces, ni prières ne purent ébranler leur foi, et à la vue de tant de courage et de fermeté, Son Eminence dissimulait avec peine sa fureur.

— Nous sommes prêtes à nous laisser persuader, dit Lucie d'Orello, si de plus sages que nous peuvent nous prouver, par la Parole de Dieu, que nous nous éloignons de la vérité.

— Elle seule doit être notre guide et notre appui, ajouta vivement Barbara de Montalto; tout ce qui est écrit dans ses pages sacrées est vérité, tandis que le système de la papauté n'est que mensonge.

— Barbara, murmura son amie, vous allez trop loin; vous oubliez...

— Je n'oublie rien, reprit la courageuse femme; je sais que ma vie est entre leurs mains; mais rien ne saurait m'empêcher de remplir mon devoir.

— Cela suffit, interrompit le nonce. Mon désir était de vous ramener au seul berger et au seul troupeau; mais comme je vois que nous ne pouvons nous entendre, notre conférence doit se terminer.

Et sur un signe de la main où brillait l'anneau épiscopal, les deux femmes se retirèrent.

— Chère Barbara, vous avez un cœur de fer et je frémis pour vous, s'écria sa compagne lorsqu'elles eurent franchi les portes du couvent.

La demeure du docteur de Montalto avait toute l'apparence d'une forteresse plutôt que d'une maison particulière; ses murs, d'une épaisseur inusitée, étaient garnis de meurtrières et entourés de trois côtés par les eaux du lac Majeur. Son origine remontait probablement au temps des guerres entre les Guelfes et les Gibelins, alors que chaque maison devait être fortifiée comme une citadelle.

La nuit était venue. Des milliers d'étoiles brillaient au ciel; tout était calme et silencieux; seule, Barbara de Montalto veillait encore. Assise devant une table, la lueur rougeâtre de sa lampe éclairait les pages jaunies d'un gros volume (un exemplaire de la Bible par Bruccioli); là, elle cherchait la force et le secours dont elle avait besoin; d'une voix ferme, elle répétait ces consolantes paroles:

« Quand tu passeras par les eaux, je serai
» avec toi; quand tu marcheras à travers le
» feu, tu ne seras point brûlé. Je suis le Sei-
» gneur ton Dieu, le saint d'Israël, ton Sau-
» veur. »

Elle s'arrêta; une voix venait de se faire entendre. Elle prêta l'oreille; oui, elle ne se trompait pas: c'était celle de son mari qui reposait dans la chambre voisine.

Se levant en toute hâte, Barbara s'approcha du lit, et la vue de ce visage la fit tressaillir.

Les veines de son front étaient gonflées, ses sourcils contractés, ses dents serrées, et, s'étant mis sur son séant, Montalto paraissait vouloir sortir de ce lit de souffrance.

— Laissez-moi! laissez-moi! répétait-il d'une voix terrible en se rejetant en arrière comme s'il voyait un ennemi.

— Lâches! traîtres! vous n'oseriez pas...

— Vous rêvez, mon ami, dit sa femme en posant doucement sa main sur son épaule; ce n'était qu'un songe.

— Oui, un songe, murmura le docteur, mais aussi terrible que la réalité!... On m'entraînait vers le donjon du Saint-Office... j'ai vu très-distinctement les murs sombres de la chambre de tortures; je me débattais, je luttais en désespéré. Que Dieu soit béni! C'était un rêve!...

Une légère pâleur vint se répandre sur le front de la pauvre femme, et un frisson parcourut tout son être. Hélas! elle ne le savait que trop, ce rêve sinistre pouvait devenir une terrible réalité.

CHAPITRE II.

La fuite.

Ne pouvant retrouver le sommeil, et poussé par une inquiétude qu'il ne s'expliquait pas, le docteur quitta sa chambre et descendit un petit escalier construit dans l'épaisseur du mur, qui venait aboutir au niveau du lac. Le silence de la nuit n'était troublé que par le clapotement de l'eau. Bientôt il atteignit une profonde embrasure où se voyait une porte massive bardée de fer. Il était évident que depuis nombre d'années elle n'avait pas été ouverte. Une épaisse poussière en recouvrait les verrous, et la serrure, dévorée par la rouille, rendit infructueux tous les efforts du docteur pour en faire tourner la clé.

« Je vais appeler Francesco, qui peut-être sera plus habile, » pensa-t-il enfin.

— Je ne saurais vous rendre compte du sentiment qui m'agite, dit le docteur, lorsqu'après avoir pénétré dans un étroit passage, il eut réveillé le jeune homme; mais une impulsion irrésistible me pousse à ouvrir la porte de fer et à préparer le bateau. Si je vous disais le rêve affreux que je viens de faire, vous croiriez peut-être que mon cerveau en a été troublé. Non, je suis dans mon bon sens; mais je crois voir encore cette salle de torture, ces soldats prêts à me saisir!... et cependant je n'ai rien fait qui puisse m'exposer aux rigueurs du Saint-Office.

— Dieu veuille que votre femme ne soit menacée d'aucun danger! s'écria l'étudiant dont la physionomie était devenue grave et sérieuse.

— Elle est imprudente, en effet; peut-être a-t-elle parlé trop hardiment en présence de Son Eminence.

— Mais comment l'Eglise pourrait-elle songer à lutter avec des femmes? Toutefois, allons ouvrir la porte et nous assurer que la petite barque est en bon état : on ne saurait être trop prudent, dans le temps où nous vivons.

Après de longs efforts, les verrous furent

tirés, et la porte, grinçant sur ses gonds, livra passage aux deux hommes. Les flots du lac, d'un bleu sombre, arrivaient jusqu'à leurs pieds; bientôt le léger esquif, véritable coquille de noix, fut remis à l'eau, et, après s'être assuré qu'en cas de danger tout était disposé pour la fuite, Montalto monta sur la terrasse, afin de jeter un regard sur l'horizon lointain. On n'entendait pas le plus léger bruit : tout paraissait calme et enseveli dans un profond sommeil. S'abandonnant bientôt à de sombres pensées, le docteur frémit de nouveau au souvenir de son rêve; il se dit qu'il aurait agi plus sagement en ne prenant aucune part à ces discussions religieuses, qui venaient jeter le trouble dans toutes les familles; car, il faut bien le reconnaître, Montalto n'était pas renommé pour son courage, qui bientôt devait être mis à une terrible épreuve.

Le lendemain matin, Barbara était encore à sa toilette, lorsqu'une troupe de soldats, se précipitant dans la chambre, exhibèrent un ordre d'arrestation.

— Allons, docteur, éloignez-vous, dit le chef de la bande. Votre tour viendra, soyez tranquille; cela vous apprendra à ne pas savoir maintenir votre femme dans le droit chemin, ou je ne m'appelle pas André d'Agnolo. Eh bien, madame, êtes-vous prête à me suivre ?

Pas un muscle du visage de l'héroïque femme n'avait bougé. A l'heure de l'épreuve, son cœur ne connaissait pas la crainte.

— Allez rejoindre votre fille, dit-elle à son mari ; la pauvre enfant doit être inquiète. Et vous, messieurs, permettez-moi d'achever ma toilette dans ce cabinet.

— Non ; c'est à nous à nous retirer. Sortez, camarades, et tenez-vous en sentinelles à la porte.

Cette porte se refermait encore, lorsque, soulevant une portière, Barbara toucha un ressort caché et disparut. Son cœur battait avec violence ; mais, franchissant d'un pas rapide les marches de l'escalier, elle s'élança dans le bateau où Francesco l'attendait déjà. Quelques minutes plus tard, ils avaient gagné le large, et les cris de leurs ennemis, cris de rage et de fureur, n'arrivèrent à eux que vagues et confus.

CHAPITRE III.

Devant le nonce.

Pendant que tout ceci se passait, le sergent André se mit à la recherche de quelques livres ou papiers sur lesquels il pourrait faire main-basse ; bientôt la vue d'un gros volume, caché dans une niche de la tourelle, vint frapper ses regards.

— Eh ! Philippe, approche donc, et regarde ici : voilà de quoi répandre l'hérésie dans tout Locarno ; elle espérait sans doute me le dissimuler, la chère dame ; mais elle ne connaît pas encore André d'Agnolo. Sais-tu lire ?

— Non ; mais je sais que tous ces livres imprimés sont la cause de tout le mal.

— Ce n'est pas un missel, j'en réponds ;

je vais le porter à Son Eminence, qui sera plus habile que nous.

— Chut! interrompit brusquement Philippe; il me semble que tout est bien tranquille là-dedans.

Et après s'être élancé vers la porte, il s'arrêta, laissant passage à son chef. La chambre était déserte. Plus personne; mais, de la croisée ouverte, on apercevait le petit bateau qui s'éloignait à toutes rames.

— Au secours! aux armes! s'écria André en frappant du pied; et en un instant tous ses soldats réunis purent contempler les fugitifs.

— Je vais essayer de les atteindre avec mon arquebuse, capitaine, dit Philippe.

Un éclat de rire rauque et sauvage fut la seule réponse du chef, qui, d'un geste impérieux, fit retomber l'arme meurtrière que soulevait déjà une main vigoureuse.

— Pauvre fou! idiot que tu es, ne vois-tu pas que c'est impossible? Pourquoi ne cours-tu pas chercher un bateau pour les poursuivre?

Vain espoir! l'embarcation venait de disparaître derrière une pointe de rocher.

Ne voulant à aucun prix reparaître les mains vides, André fit marcher devant lui l'infortuné Montalto et sa fille, comme complices de la fuite d'un hérétique. Rien ne saurait exprimer les angoisses du malheureux prisonnier, en se voyant ainsi entraîné devant le nonce et les sept députés, sans protection, sans autre ami que la frêle jeune fille qui, debout à ses côtés, pâle mais tranquille, rappelait sa courageuse mère. Toutefois, les battements de son cœur, qui soulevaient son corsage rouge, ses yeux étincelants ne disaient que trop les efforts que faisait la pauvre enfant pour surmonter son émotion. Un faible sourire vint pourtant effleurer ses lèvres, lorsqu'elle entendit André faire le récit de la fuite de sa mère.

— Mais je ne reviens pas les mains vides, continua celui-ci; j'apporte à Votre Eminence un témoignage positif de l'hérésie dont s'est rendue coupable la famille de ce digne seigneur.

— Les croyances luthériennes sont celles de ma femme et non les miennes, balbutia Montalto, dont l'esprit frappé de terreur ne voyait devant lui que torture, mort, ruine complète. Son Eminence peut s'informer si jamais j'ai refusé de remplir mes devoirs religieux.

Il n'était que trop vrai : sans croyance

positive, le docteur voulait, avant tout, être bien vu de tous ; mais, à mesure qu'il parlait, les yeux de sa fille, fixés sur lui, exprimaient la plus douloureuse surprise.

La confiscation de tous ses biens fut la sentence prononcée contre lui ; et, tandis que Bianca marchait près de son père la tête haute, le regard assuré, celui-ci, comme écrasé sous le poids du malheur, pouvait à peine avancer. Que de douloureuses et amères pensées durent le suivre dans cette demeure de ses pères, qu'il devait habiter comme captif jusqu'au jour (3 mars 1555) où tous les protestants de la Lombardie furent contraints de quitter leur terre natale !

Mais nous devons revenir en arrière, et, pour la clarté de notre récit, ramener nos lecteurs au moment où une procession défilait dans les rues de la ville de Locarno.

Ce n'est pas, il est vrai, une de ces processions qui répandent autour d'elles l'encens et le parfum, et font entendre au loin des chants harmonieux. Deux cents hommes, suivis de femmes et d'enfants, s'avançaient, résolus et silencieux, vers la chambre du conseil, décidés à confesser leur foi en Christ, quelles que dussent être les douleurs qui pouvaient les atteindre. Arrivés devant le conseil, le plus âgé s'étant avancé, déclara, au nom de tous, que rien ne parviendrait à les faire renoncer à leur croyance, basée sur l'Evangile, et qu'ils étaient prêts à tout souffrir, même la mort, plutôt que de renier leur foi.

— Nous vivrons et mourrons pour la vérité! s'écrièrent-ils tous ensemble, tandis qu'une lumière divine brillait dans leurs regards, et que le nom de chacun d'eux était inscrit sur la liste des exilés, un décret de la diète condamnant au bannissement tous ceux qui persisteraient à professer une autre religion que la religion romaine. Montalto, qui avait admiré le courage de ses frères sans avoir celui de les imiter, se vit soumis au même châtiment.

— Où aller maintenant, mon enfant? dit-il à sa fille; où chercher un asile? Quitter pour toujours ma chère Italie est impossible. Je préférerais Florence à toute autre ville, mais, si je ne me trompe, votre mère a connu la duchesse de Ferrare; je crois même que c'est auprès d'elle qu'elle a commencé à subir l'influence de ces malheureuses idées de protestantisme : peut-être donc ferons-nous mieux de nous établir à Ferrare.

— Les convictions de ma mère viennent

de Dieu, mon père, et le jour viendra, je l'espère, où elles seront victorieuses.

— Je le désire aussi ; mais, pour le moment, je ne sais qu'une chose : c'est qu'elles sont la cause de ma ruine.

— Père, souvenez-vous de ce que nous dit Jésus : « Je vous dis en vérité qu'il n'y a personne qui ait quitté maison, ou frère, ou sœur, ou père, ou mère, ou enfant, ou des terres, pour l'amour de moi et de l'Evangile, qui ne reçoive, dès à présent, en ce siècle, cent fois autant, des maisons, des frères, des sœurs, des mères, des enfants, et des terres avec des persécutions, et dans le siècle à venir la vie éternelle (1). »

— Vous êtes beaucoup trop enthousiaste, mon enfant ; je vous engage à être prudente, si vous ne voulez pas exposer votre père à de nouveaux malheurs.

— Dites-moi, cher père, est-il vrai que Nicolas soit condamné et qu'il sera mis à mort ?

— Il n'est que trop vrai : aujourd'hui la torture, demain la mort. Quel temps que celui où nous vivons ! Pas un jour de paix et de sécurité.

(1) Marc, X, 29, 30.

CHAPITRE IV.

Le chemin de la croix.

La matinée est splendide; de légères vapeurs, flottant ici et là, viennent se confondre avec les nuages du ciel; l'air est froid et une couche de neige recouvre le sol; mais le soleil brille, et mille teintes variées de pourpre et d'or colorent le paysage.

Sur le versant de la colline s'élève une maison de modeste apparence, dont le rez-de-chaussée se compose d'une étable et d'une cuisine où nous retrouvons Catherine, cette jeune fille déjà connue de nos lecteurs, qui, tout en arrangeant ses jattes de lait, répète d'une voix pure et douce le refrain d'une chanson. Peut-être pense-t-elle à son fiancé Luigi, jeune fermier du voisinage, car elle ne paraît pas entendre la voix de sa mère qui l'appelle du dehors.

— Que fais-tu donc, petite? dit celle-ci en ouvrant la porte; écoute-moi. Ton père vient de rentrer, et il m'assure que la neige est presque entièrement fondue du côté de la grande croix; tu peux y conduire tes vaches; mais il faut te hâter, si tu veux l'accompagner à Locarno, pour assister à l'exécution de Nicolas.

Catherine frissonna; elle murmura une prière pour celui qui allait quitter ce monde après de cruelles souffrances; mais, comme toutes les Italiennes, elle avait une grande prédilection pour tout ce qui ressemble à un spectacle de quelque genre qu'il soit: d'ailleurs elle était persuadée que l'Eglise ne pouvait commettre d'erreur.

« Si Nicolas est condamné, » se dit-elle en soupirant, « c'est que sans doute il est coupable. Combien je voudrais persuader Luigi d'être prudent dans ses paroles! Il fera si bien, qu'il attirera sur lui quelque malheur. »

Tout en se parlant ainsi, la jeune fille dirigeait ses vaches dans un étroit sentier qui devait les conduire sur la colline. Le grand air et l'exercice ayant promptement calmé ses craintes pour celui qu'elle aimait, elle marcha d'un pas rapide, pressée d'arriver sur le plateau où s'élevait une grande croix. Elle priait avec ferveur depuis quelques instants, lorsque, levant les yeux, elle vit devant elle une étrangère, une femme, dont les traits lui étaient inconnus.

— A qui adressez-vous votre prière, mon enfant? lui demanda celle-ci.

— A notre sainte Vierge, madame.

— Croyez-vous donc que c'est elle qui a souffert sur la croix pour nous?

— Non, sans doute; c'est Jésus, son divin fils.

— Pourquoi donc n'est-ce pas à lui que vous vous adressez, à lui qui a donné sa vie pour vous? Puisse ce Sauveur de nos âmes vous amener à la connaissance de la vérité! Désormais, je l'invoquerai tous les jours pour vous.

La jeune fille réfléchissait encore à ce qu'elle venait d'entendre, que déjà l'inconnue avait disparu, et au même instant elle aperçut un homme gravissant le rocher au-dessous d'elle.

Son cœur ne pouvait la tromper : c'était Luigi, celui qu'elle aimait. Mais, pour la première fois, il ne témoigna aucun plaisir à la voir, et son front se contracta péniblement.

— Comment se fait-il que vous soyez ici à cette heure matinale ? lui dit-il.

Mais, sans même se donner le temps de lui répondre, Catherine raconta ce qui venait de se passer.

— Eh bien, n'avais-je pas raison, lorsque je cherchais à vous persuader que la sainte Vierge n'a jamais souffert pour nous ? Mais écoutez-moi; cette dame, je la connais; une imprudence de votre part me causerait beaucoup de chagrin.

Luigi ne l'ignorait pas : un seul mot de sa bouche devait imposer silence à la pauvre enfant.

— Regardez les belles fleurs que je viens de cueillir pour vous, continua le jeune homme; emportez-les en souvenir de moi, petite. Et, lui serrant la main, il s'éloigna en toute hâte.

« Il avait un sac sur le dos, » pensa Catherine tout en considérant le beau bouquet qu'il lui avait laissé. « Je n'ai pas osé l'interroger, mais je tremble qu'il ne se mette dans quelque mauvaise affaire avec ces hérétiques. Il ne craint rien, ce cher Luigi. Hélas ! je ne puis que prier pour lui ! »

CHAPITRE V.

Le sermon.

Un vent glacial souffle de toute part, et la vieille marchande, assise dans sa modeste boutique, cherche à réchauffer ses mains osseuses sur son *scaldero* (1). Mais peut-être n'est-ce pas le froid seulement qui la rend frissonnante ; car ses yeux, comme fascinés par une puissance irrésistible, sont fixés sur la place voisine, où quelques hommes sont occupés à construire un échafaudage. Ce n'est pas la première fois cependant que la mère Ursule a été le témoin de ces lugubres préparatifs ; elle ne sait que trop ce qu'ils signifient : la charpente peinte en noir, les cordes, le bûcher, tout cela n'est pas un

(1) Petit vase de fer, contenant des charbons.

spectacle nouveau, et cependant son visage, sillonné de rides profondes, exprime une souffrance pénible à voir.

« Il était coupable; il devait être condamné, » se répétait-elle sans cesse. « Pouvais-je d'ailleurs refuser de parler? Le père Antonio m'a assuré que j'aurais commis un grand péché si j'avais gardé le silence; et cependant je ne me consolerai jamais d'avoir été appelée comme témoin. »

Une foule compacte, de tout âge et de tout sexe, s'agitait déjà sur la place et sous les arcades; car des habitants de la campagne étaient accourus de toute part pour assister au spectacle.

— Vous voilà, mère Ursule? s'écria le père de Catherine, en s'approchant; eh bien, il va être exécuté, après tout.

Sans répondre un seul mot, Ursule mit de côté sa chaufferette.

— On dit, là-bas, que Son Eminence ne veut plus entendre parler de grâce; il prétend qu'un exemple est nécessaire, et je suis de son avis. Mais qu'as-tu donc, petite? te voilà blanche comme un linge! Catherine a toujours été craintive, continua-t-il; je puis vous assurer qu'elle n'éprouve aucune sympathie pour les hérétiques. Mais qu'est-ce que je

vois ? Vous fermez votre boutique, mère Ursule, et cela au moment où vous pourriez
témoigner de votre zèle et faire une bonne
journée ?

Toujours morne et silencieuse, Ursule
continuait à réunir sa marchandise, jetant
pêle-mêle, de la façon la moins respectueuse,
dans son panier, crucifix, chapelets, croix
bénites, images de toutes espèces.

— Je ne me sens pas bien, murmura-t-elle;
une douleur au côté, qui me saisit de temps
à autre, me fait souffrir en ce moment; je vais
me coucher. Aidez-moi à soulever mon panier : il est trop lourd pour mes vieux bras.

— Donnez-le-moi, bonne mère; je vous
le porterai.

Jusqu'à ce moment Ursule n'avait peut-être
pas compris les terribles conséquences de sa
déposition; mais en apprenant que le pour-
voi en grâce avait été rejeté, la triste vérité
se fit jour dans son âme. Elle ne pouvait se
le dissimuler : elle était la cause du supplice
de Nicolas !

— On assure encore, reprit le marchand
tout en marchant derrière les deux femmes,
que hier il a été mis à la question; pauvre
infortuné !

Un sourd gémissement se fit entendre.

— Voici ma demeure, dit Ursule avec effort; mais la serrure est trop dure pour tes petites mains, mon enfant; laisse faire ton père.

— On dirait que la vieille regrette ce qu'elle a fait, reprit le père de Catherine lorsque tous deux eurent pris congé de la marchande, la laissant marmotter ses prières sous la voûte sombre qu'elle appelait sa chambre.

La foule avait beaucoup augmenté pendant leur absence; des gardes allaient et venaient, cherchant à faire de la place et repoussant les curieux; les ouvriers venaient de terminer leur hideux échafaudage, et, sur un bûcher surmonté d'une croix, brûlait déjà une pile énorme de fagots et de broussailles.

Terrifiée par cet affreux spectacle, Catherine ne pouvait en détacher les yeux. Du coin obscur où elle était cachée, elle voyait les siéges réservés aux députés de la Suisse catholique, à Son Eminence le nonce du pape et aux ecclésiastiques formant sa suite.

Toutes les croisées des maisons environnantes, les toits mêmes étaient garnis de spectateurs : c'était un véritable jour de fête pour Locarno; seul, le couvent des Dominicains restait morne et silencieux; à le voir ainsi, on aurait pu croire que pas un être humain ne respirait dans ses murs.

— Ecoute, père, écoute ! n'entends-tu pas des chants éloignés ? s'écria tout à coup la jeune fille.

En effet, dans le lointain, se rapprochant peu à peu, un chant lugubre se faisait entendre. Aussitôt un profond silence s'établit dans la foule, comme si un frémissement avait parcouru tous les rangs. Les paroles : *Miserere, Domino*, retentissaient au loin, semblables à un glas funèbre, et les intonations de cette prière, demandant au ciel une miséricorde refusée par les hommes, produisaient un effet saisissant.

Le cortége parut bientôt. Entre deux rangs de moines aux longues robes grises marchait le condamné qui, pâle et amaigri, se soutenait à peine. A sa vue, un cri retentit de toute part, car le plus grand nombre des spectateurs connaissaient depuis longtemps le malheureux Nicolas, dont la vie, humble et modeste, avait été un exemple à tous. Mais s'il était facile de voir tout ce qu'il avait souffert, son attitude calme et digne exprimait une paix si parfaite, qu'en le voyant ainsi, une émotion profonde s'empara de tous les cœurs. Toutefois, lorsque son regard vint s'arrêter sur les apprêts de cette mort terrible qui se dressait devant lui, son courage parut prêt à l'abandonner, car, pour cette vie mystérieuse où il allait entrer, il quittait des affections et des joies terrestres dont le sacrifice ne pouvait s'accomplir sans douleur. Mais Dieu ne l'abandonnera pas; une espérance céleste viendra réjouir son âme, relever son cœur abattu, et pour l'amour de Christ il mourra sans regret.

Mais le moment suprême n'est pas encore venu. D'une tribune élevée dans l'un des angles de la place, une voix tonnante se fait entendre. Un dominicain s'adresse tour à tour au peuple réuni en foule et au prisonnier; le capuchon du moine, rejeté en arrière, laisse à découvert sa tête tonsurée, et c'est le visage animé, les yeux ardents, qu'il exhorte Nicolas à faire une rétractation publique de ses erreurs. Mais le cœur de l'hérétique n'est pas au pouvoir du père Antonio; occupé de pensées meilleures, il ne paraît pas même l'entendre.

— Père, je t'en supplie, laisse-moi partir! murmura Catherine en serrant la main de celui-ci; je ne puis voir cela; laisse-moi aller prier pour lui... Et, s'élançant vers la porte de l'église, elle y entra précipitamment.

CHAPITRE VI.

Le départ.

Si l'exécution de Nicolas vint briser le dernier lien qui unissait encore les réformés de Locarno à leur ville natale, elle eut aussi pour résultat d'apaiser momentanément la persécution. Mais tandis qu'émus de pitié envers leurs malheureux frères, les autorités locales se ralentissaient dans leur vengeance, il n'en était pas ainsi des seigneurs des cantons romains et de leurs conseillers les prêtres, qui parvinrent bientôt à se procurer un édit du gouvernement milanais, par lequel il était défendu à tout sujet de ce gouvernement de donner asile ou assistance aux exilés de Locarno.

Une seule route, celle des Grisons, restait

donc ouverte aux fugitifs, et encore était-il peu probable que le passage des Alpes fût praticable à cette époque de l'année : on était au 3 mars 1555.

La veille au soir de ce jour, un homme et une jeune fille gravissaient à pas lents le sentier de la montagne; leur conversation paraissait grave et sérieuse; le visage de cette dernière portait des traces de larmes.

— Voyons, chère Catherine, voudrais-tu me voir, par amour pour toi, renier mes plus chères croyances et imposer silence à ma conscience? demanda Luigi en serrant la main de sa compagne. Voudrais-tu pour époux un parjure? Non, je ne puis le croire. Notre séparation ne sera que pour un temps très-limité; je viendrai te chercher, lorsque j'aurai trouvé une demeure, et nous ne nous séparerons plus que pour nous retrouver dans une meilleure patrie.

— Mais tu vas quitter tes amis, ton pays, la maison de tes parents pour devenir errant sur la terre. Pourquoi donc ne peux-tu vivre dans la religion de tes pères?

— Parce que j'ai appris à connaître la vérité, à aimer Celui qui a donné sa vie pour moi. Je dois donc m'éloigner de ce pays, où je ne puis lui rendre le culte qui lui est dû.

— C'est la première fois que tu me parles ainsi.

— Je craignais de t'affliger et de perdre ton affection ; mais le jour viendra, je l'espère, où tu penseras comme moi. Ce départ est un immense sacrifice ; mais, comme beaucoup d'autres, je me sens la force de l'accomplir pour l'amour de mon Sauveur.

— Mais comment peux-tu connaître sa volonté ?

— Dieu s'est révélé à nous dans sa Parole sainte, cette Bible que tous les hommes doivent lire, et qui renferme sa volonté et ses commandements. Si je restais ici, je serais obligé de faire ce qu'elle défend ou de sacrifier ma vie ; pour le moment, je préfère la conserver.

La pauvre enfant pleura longtemps, et son cœur se serra plus douloureusement encore lorsque, le lendemain, elle put suivre du regard la petite flottille qui traversait le lac emportant les exilés. Son cœur n'était pas le seul qui fût triste et angoissé : parmi ces deux cents familles chassées pour jamais de leur pays, Luigi trouva plus d'un compagnon d'infortune.

Au milieu de la sécurité dont nous jouissons et dans l'existence douce et facile que Dieu nous donne, contemplons avec admiration ces hommes et ces femmes résolus à tout souffrir plutôt que de renier leur foi.

Bianca et sa mère étaient assises l'une près de l'autre à l'arrière d'une petite embarcation, heureuses de se retrouver et se racontant à voix basse tout ce qui s'était passé pendant leur séparation; elles jetaient de temps à autre un regard furtif sur le visage sombre du médecin, qui se promenait avec agitation sur le pont. Quel changement s'était fait en lui dans ce court espace de temps! Quel affaissement dans toute sa personne! quel profond découragement empreint sur ses traits amaigris! Est-il rien de plus cruel, en effet, que de souffrir ainsi les peines du martyr lorsqu'on n'en possède pas l'esprit?

— Tu parais fatigué, mon ami, lui dit enfin sa femme après lui avoir offert une place auprès d'elle. Bianca vient de me raconter ce qui s'est passé mieux que n'avait pu le faire Francesco.

— Francesco! répéta le docteur; c'est un bon jeune homme qui a du talent et une bonne tête aussi. J'espère qu'il parviendra à sauver quelques débris de mes biens, et que la confiscation aura des bornes.

Et, retombant dans ses réflexions, il resta longtemps silencieux et pensif.

CHAPITRE VII.

Le pèlerinage des protestants.

La petite flottille traversait lentement le lac aux eaux limpides, à l'aide de ces longues rames qui, en Italie, sont jetées en avant et non en arrière comme dans nos pays; et en voyant passer cette longue file de bateaux, le laboureur, immobile sur la rive, se demandait ce que cela pouvait être. Les fugitifs avaient à peine atteint la moitié du lac que l'horizon s'obscurcit; de sombres nuages, flottant sur la montagne, formèrent bientôt une masse noire et menaçante.

Comprenant le danger, Luigi, qui d'une main vigoureuse ramait activement, s'élançait déjà pour détacher la voile, lorsque l'ouragan éclata avec fureur. La violente secousse qui vint ébranler le bateau put seule faire sortir Montalto de sa profonde rêverie. La voile fut déchirée en mille pièces et une pluie torrentielle menaçait de submerger la frêle embarcation que chaque vague semblait devoir entraîner dans l'abîme.

— Courage, mesdames, s'écria l'intrépide Luigi, le ciel s'éclaircit à l'occident, l'orage se calme déjà ; nous serons bientôt hors de danger.

Et il alla se remettre à son poste tandis que Barbara racontait à sa fille ce qu'elle savait du jeune paysan. C'était lui qui avait apporté des vivres à Mme de Montalto lorsqu'elle avait été obligée de se cacher dans la montagne; il lui avait fait part de ses doutes religieux, de ses craintes, de ses hésitations et de ses ténèbres ; celle-ci l'avait encouragé, éclairé ; si bien que maintenant, par un motif de conscience, il quittait tout ce qu'il aimait.

Et cependant, comme elle parlait encore, le cœur du jeune homme était envahi par mille regrets, mille désirs ; il eût été prêt à sauter sur la rive pour rejoindre sa fiancée, lorsqu'une voix le fit tressaillir.

— Ma femme désire vous parler ; je viens

prendre votre place, dit Montalto en posant la main sur son épaule.

Le regard compatissant de Barbara avait pénétré jusqu'aux replis les plus profonds de cette âme souffrante, et comprenant la consolation dont elle avait besoin ainsi que tous les cœurs abattus que l'entouraient, elle ouvrit le saint Livre, et ce qu'aucune parole humaine ne pouvait faire, celle de Dieu allait l'accomplir. Les nuages s'étaient dissipés ; le soleil venait de reparaître ; tout était calme autour d'eux ; elle commença :

« Ainsi a dit l'Eternel : Ne crains point, je
» suis avec toi ; ne sois point éperdu, je suis
» ton Dieu. Je t'ai fortifié, je t'ai même aidé
» et je t'ai maintenu par la main droite de
» ma justice. » — « Voici, tous ceux qui s'ir-
» riteront contre toi seront honteux et
» confondus ; ils seront réduits à néant, et
» les hommes qui s'opposent à toi périront ;
» car je suis l'Eternel ton Dieu qui soutient
» ta main droite et qui te dit : Ne crains
» point... »

Barbara s'arrêta ; puis, tournant le feuillet, elle reprit bientôt :

« Heureux sont ceux qui sont persécutés
» pour la justice, car le royaume des cieux
» est à eux ! »

— Chers amis, dit-elle, la récompense qui nous est promise ici n'est-elle pas mille fois meilleure que tous les biens de ce monde?

Le bruit régulier des rames et la voix de la lectrice troublaient seuls le profond silence qui régnait sur le pont. Tous écoutaient avec recueillement ces paroles solennelles ; un hymne de louange s'éleva bientôt vers le ciel, se répétant d'un bateau à un autre ; les visages étaient rayonnants et un éclair de joie vint même illuminer celui de Montalto.

— Oui, tout cela est très-beau, très-consolant, dit-il à sa fille, qui était venue se placer à ses côtés ; mais je me demande où nous trouverons notre pain quotidien ?

— Le Seigneur y pourvoira, répondit la jeune fille ; il sait ce dont nous avons besoin et il ne nous oubliera pas, soyez-en sûr.

— Si du moins Francesco pouvait sauver quelque chose ! reprit le docteur avec un soupir.

Sa confiance dans le bras de la chair était encore la plus puissante.

— J'espère qu'il ne court aucun danger, murmura Bianca d'une voix émue.

— Eh ! ne sommes-nous pas tous en danger? l'air que nous respirons, la terre sur laquelle nous marchons, tout est plein de dangers et d'ennemis; nous pouvons nous estimer heureux si une bande de brigands envoyée par ces misérables seigneurs des Sept Cantons ne vient pas tomber sur nous... Cela s'est vu, mon enfant.

— Je crois que vous vous exagérez les choses, mon père. Vous savez que lorsque le nonce a cherché à obtenir des seigneurs des cantons l'ordre de retenir les enfants des réformés, ceux-ci ont répondu par un refus formel.

— Je le crois bien! une aussi indigne tyrannie! Mais à tous ceux-là il reste quelque fortune, tandis que moi je n'ai plus rien... Moi, un Montalto, je ne suis qu'un mendiant! J'en appellerai à la Diète, et il faudra bien qu'elle me fasse rendre justice.

— Avez-vous donc oublié la prière qui nous a été enseignée : « Que ta volonté soit faite sur la terre comme elle l'est dans le ciel? »

— Je ne saurais voir la volonté de Dieu dans ce qui se passe aujourd'hui; je n'y reconnais que celle de l'homme, la plus cruelle des volontés.

Pour toute réponse, Bianca serra doucement la main de son père et alla rejoindre sa mère.

— Quel méchant homme que ce Walther! dit-elle après s'être longtemps entretenue avec celle-ci des événements accomplis.

Quelques semaines auparavant, ce Walther, notaire à Locarno, avait envoyé à l'assemblée des Sept Cantons un acte, rédigé par lui, dans lequel tous les sénateurs et citoyens du bailliage de Locarno s'engageaient par serment à adhérer à la religion catholique romaine jusqu'au moment où la réunion d'un conseil général viendrait établir certaines lois théologiques. Cette déclaration avait à peine paru que les députés décidèrent que les Locarnois seraient tous tenus de se confesser à leurs prêtres pendant le carême dans lequel on venait d'entrer, et que la sépulture chrétienne serait refusée à quiconque viendrait à mourir sans avoir reçu l'eucharistie romaine.

Ce décret ne laissait d'autre alternative que celle de se soumettre ou de quitter le pays.

Des quatre cantons réformés, Zurich fut le seul qui protesta énergiquement contre cette injuste décision; mais sa voix n'arrêta en rien la persécution. Toutefois, dans ces temps où la communauté de croyance était le lien le plus puissant, les protestants italiens, considérant leurs frères suisses comme leurs amis les plus chers, leur envoyèrent une députation implorant asile et protection.

Les exilés ayant pu débarquer sans nouvelle difficulté, la partie la plus pénible du voyage commença, la plupart d'entre eux devant faire route à pied. Tandis qu'ils gravissaient la montagne, bien des regards humides de larmes vinrent s'arrêter une dernière fois sur ce lac bien-aimé qui allait disparaître à leurs yeux. Que de souvenirs, que d'espérances, que de bonheur laissés derrière eux !

Après une marche longue et pénible, les voyageurs atteignirent Bellinzone ; mais ne pouvant se croire en sûreté que lorsqu'ils seraient sur un territoire protestant, ils continuèrent leur route, après avoir pris quelques heures de repos. Le pays des Grisons devait être le but de cette première journée. Aussi un cri de joie se fit-il entendre, lorsque les premières maisons de Rogareto apparurent.

— Père, regarde ! s'écria Bianca en indiquant du doigt la chaîne des Alpes qui s'étendait à l'horizon, et dont le sommet était éclairé d'une pure et vive lumière, éblouissante de blancheur.

— Oui, répondit Montalto ; mais quelle neige ! Nous serons obligés d'attendre un grand mois avant de pouvoir traverser la montagne.

Il ne se trompait que sur la durée du temps ; car deux mois tout entiers devaient s'écouler avant que les exilés vissent la possibilité de reprendre leur voyage.

CHAPITRE VIII.

Remords de la marchande d'images.

La ville de Locarno était donc purifiée; elle avait rejeté loin d'elle les hérétiques obstinés; « cette race maudite était chassée de son sein : » c'était ainsi que s'exprimait le nonce dans son premier mouvement de triomphe et de joie. Mais une victoire aussi complète ne pouvait être de longue durée, et ce premier instant de fièvre et d'exaltation devait bientôt faire place à de plus sérieuses réflexions. Le vide laissé par le départ de plusieurs des exilés se fit promptement sentir. Un grand nombre d'entre eux avaient été de bons voisins, de fidèles amis et d'industrieux artisans; aussi plus d'une tête grise se demanda si Locarno ne s'était pas fait un mal irréparable, par tant de violence et de sévérité ?

Les biens des malheureux protestants devinrent le sujet de la convoitise de tous; plusieurs villes d'Italie eurent leurs Capulets et leurs Montagus; car maintes familles puissantes, qui avaient oublié leurs rivalités passées, redevinrent ennemies, et chaque jour voyait naître quelque querelle entre bons catholiques, chacun voulant avoir sa part des biens confisqués.

Soit pour ce motif, soit pour tout autre, une vive altercation s'était élevée dans un cabaret sur la place du marché, et, s'élançant, tête baissée dans la rue, les deux antagonistes vinrent se précipiter sur l'échoppe de la mère Ursule. En un instant tout fut pêle-mêle sur le terrain : la vieille femme, ses richesses et les deux combattants.

— Hé! chrétiens! avancez donc; voici une femme qui paraît gravement blessée, s'écria l'un d'eux, qui, après s'être remis sur ses pieds, alla relever la pauvre Ursule. Mais je crois vraiment qu'elle est morte! Eh bien, ce qui est fait est fait. Je puis maintenant me servir moi-même. Et mettant tranquillement un chapelet dans sa poche, il alla rejoindre ses compagnons.

Ursule vivait encore cependant, et, ouvrant les yeux, elle chercha à reconnaître celui qui, penché sur elle, lui prodiguait ses soins.

— Je puis vous assurer qu'elle n'est pas blessée, frère Piétro; nous pouvons la ramener chez elle.

— Je te reconnais, dit-elle à voix basse après avoir été déposée sur son lit; tu es le jeune docteur réformé de Padoue; mais crois-moi, tu n'es pas en sûreté ici.

— Que dites-vous donc là? demanda vivement le moine en se rapprochant.

— La pauvre femme paraît avoir quelque chose sur la conscience, répondit Francesco, qui, prenant congé de la malade, murmura à son oreille :

— « Si nous confessons nos fautes à Dieu notre Sauveur, il est fidèle et plein de miséricorde pour nous les pardonner. »

— Je crois reconnaître ce visage, dit le prêtre. Oui, je ne me trompe pas : ce jeune homme était présent lors du supplice de Nicolas; je le surveillerai. Mais voyons, ma fille, je suis prêt à recevoir ta confession.

— Je dois m'y préparer par la prière, mon père; ma mémoire est affaiblie, permettez-moi d'attendre à demain.

A peine Ursule se vit-elle seule que, se soulevant avec effort, elle tira de son sein un petit objet monté en argent, qu'elle approcha de ses lèvres et que, dans son ignorance, elle croyait être un morceau de la vraie croix, précieux trésor dont elle osait à peine avouer la possession. Mais rien ne pouvait calmer ses remords; le souvenir de la mort de Nicolas ne lui laissait plus un moment de repos. Elle était malade de corps et d'âme; ses yeux, brûlés par la fièvre, ne purent se fermer un seul instant dans cette longue nuit, tandis que les rayons de la lune venaient se refléter sur la muraille délabrée de son réduit.

Midi venait de sonner, lorsque Catherine, ne trouvant pas Ursule à son poste habituel, vint s'assurer qu'elle vivait encore... Quelle ne fût sa surprise en voyant près de son lit le jeune étudiant!

— Continuez, jeune homme, dit la malade d'une voix faible, continuez. Vous pouvez parler sans crainte devant cette enfant.

— Tout ce que je puis faire, c'est de prier pour vous, ma pauvre femme.

Et s'agenouillant sur les dalles de pierre, Francesco éleva ses mains vers le ciel.

— Soyez bénis, vous tous qui êtes dans cette maison! dit une voix près de la porte.

— Je récitais mon rosaire, se hâta de dire Ursule, qui, à la vue du prêtre, devint pâle et tremblante.

— Pieuse et digne occupation ; et ce jeune homme le disait aussi sans doute, car il me semble avoir entendu sa voix.

Lorsque Catherine revint près de la malade, après le départ du prêtre, elle la retrouva dans une agitation difficile à décrire.

Incapable de résister aux sollicitations de son directeur, elle venait de lui faire une confession qui devait être la perte du jeune homme.

— Je dois le prévenir, répétait-elle sans cesse ; il le faut ; il faut qu'il parte... Va le chercher, petite ! cours. Que je n'aie pas à me reprocher une seconde mort !

CHAPITRE IX.

L'arrestation.

Le soleil venait de disparaître lorsque trois hommes, venant de directions opposées, se glissèrent dans l'ombre, et d'un pas furtif, sous la *loggia* ou arcade située du côté opposé à la demeure d'Ursule ; là, sans échanger une seule parole, ils restèrent attentifs à ce qui se passait autour d'eux. Mais le temps s'écoulait, et André d'Agnolo commençait à perdre patience, lorsque le mot : « chut ! » que les Italiens prononcent d'une manière toute particulière, vint frapper son oreille, et au même instant il aperçut un homme qui, arrivé devant la porte de la vieille marchande, frappa et entra presque aussitôt.

— Le voilà pris, murmura André ; maintenant, à nous !

Et se glissant dans le passage obscur qui conduisait chez la malade, il écouta.

— J'espère qu'au milieu de vos souffrances vous n'éprouvez aucune peine morale, disait une voix à l'intérieur; s'il en était autrement vous l'auriez confessé.

— Singulier conseil pour un hérétique! pensa André qui, l'oreille appliquée derrière la porte, ne perdait pas un mot de ce qui se disait.

— Vous devez partir, vous éloigner! s'écria la malade; si la vie vous est chère, fuyez, tandis qu'il en est temps encore.

— Rien ne peut arriver sans la permission de Dieu, répondit Francesco; en tout cas, je ne saurais m'éloigner avant d'avoir pansé vos blessures. Vous êtes depuis longtemps sur cette terre, pauvre femme, et vous avez sans doute à réfléchir sur un bien long passé, car bientôt va commencer pour vous une vie plus longue encore.

La malade soupira.

— Et ma dernière action aura été de vous faire du mal! Puisse notre sainte Mère me pardonner!

— Dieu, notre Sauveur, peut seul vous pardonner, Lui qui est mort pour nous. Il est tout-puissant pour vous faire grâce; et si vous le lui demandez, il vous donnera le sentiment du pardon.

Plus d'une fois le bouillant André avait voulu s'élancer dans la chambre pour mettre fin à ces blasphèmes. Aussi l'étudiant avait à peine franchi le seuil de la porte que les trois sbires mirent la main sur lui. Son premier mouvement fut de faire résistance; mais comprenant que toute lutte était impossible, il se laissa garrotter et emmener. Lorsque, attirés par le bruit, quelques habitants du quartier se hasardèrent à mettre la tête à la croisée, ils virent trois figures sombres, suivies d'une quatrième, se glisser dans la rue obscure.

Effrayées et redoutant un nouveau malheur, quelques femmes coururent chez Ursule, espérant y recevoir l'explication de ce mystère.

— Locarno n'aura jamais un jour de repos, dit l'une d'elle, aussi longtemps que ces hérétiques ne seront pas tous expulsés du milieu de nous. Ce sont eux qui sont la cause de tant de vacarme.

— Quant à moi, reprit une autre, je n'ai aucun mal à dire de ces pauvres luthériens; ils sont au contraire meilleurs et plus compatissants que nous.

—Tu crois cela! tu ne comprends pas que c'est

une manière de répandre le poison dans les esprits faibles! Puissions-nous être préservés de Luther et du démon !

Le seul nom du grand Réformateur excitait la rage et la terreur dans tous les esprits ; André d'Agnolo était plus que tout autre incapable de comprendre une croyance qui n'était pas la sienne. Aussi, à peine arrivé dans la salle des gardes, saisissant un tison dans l'âtre, il l'éleva jusque près du visage du prisonnier.

— Je te reconnais, dit-il; c'est toi qui as fait évader la femme du docteur, et j'ai à prendre ma revanche. Mais auparavant j'ai à t'adresser une question, et cela pour ma propre satisfaction. Dis-moi, je te prie, comment un jeune homme comme toi, beau et plein d'avenir, peut-il s'occuper de toutes ces extravagantes idées de protestantisme, de luthéranisme, comme tu trouveras bon de les appeler? Quant à moi, jouir du présent et laisser l'avenir prendre soin de ce qui le regarde est ma seule règle de conduite.

— Il y a assez de prêtres et de femmes pour prier pour nous, murmura l'un des soldats.

— Je voudrais pouvoir répondre à tes questions, reprit Francesco lorsque le silence se fut rétabli; mais je désirerais, avant toute chose, te faire comprendre que ceux que tu as vus aller à la mort calmes et paisibles avaient trouvé leur force et leur courage dans la ferme espérance que le ciel leur était ouvert, et qu'un bonheur éternel succéderait à la douleur et à la souffrance. Moi qui te parle j'ai vu mourir des hommes criant victoire au milieu des plus affreuses tortures.

— Et tu n'étais pas terrifié? demanda André avec intérêt.

— Mon cœur a frissonné d'épouvante, je l'avoue ; mais j'étais soutenu par le Seigneur, et j'ai la conviction que si tu avais reçu dans ton cœur ce Sauveur éternel, tu abandonnerais tout pour lui.

— Tu avais raison, Philippe , observa André; c'est une véritable folie; mais, crois-moi, jeune homme, sois prudent et moins communicatif, si tu ne veux pas subir le même sort que Nicolas. J'avais espéré te garder ici cette nuit; mais c'est impossible : nous devons nous séparer. Je t'exhorte donc une dernière fois à rejeter toutes les folles idées dont ta tête est remplie; rentre dans le monde et amuse-toi ; je ne te veux aucun mal , et, malgré le mauvais tour que tu m'as joué, je serais fâché de penser que tu finiras tes jours sur le bûcher.

— La vie m'est chère, sans doute, capitaine ; mais pour la conserver je ne saurais renier mon Sauveur et mon Dieu. J'ignore quel est le crime dont je suis accusé ; mais, quoi qu'il arrive, je n'oublierai jamais tes bontés pour moi.

Entraîné par des gardes, Francesco s'estima encore heureux d'être jeté dans la prison civile de Locarno, croyant échapper ainsi au tribunal de l'Inquisition, qui siégeait dans le couvent des dominicains.

CHAPITRE X.

Une cellule.

Francesco Altieri savait ce qui l'attendait dans la prison commune de la ville, grande salle, basse et humide, ayant pour tout meuble un mauvais grabat; l'air extérieur, n'y arrivant que par un étroit grillage, restait impur et étouffé.

— Vous trouverez ici à qui parler, dit le geôlier avec un rire grossier; nous sommes accoutumés à voir arriver des hérétiques.

Et la porte se referma avec fracas.

— Altiéri, est-ce bien vous? dit une voix faible, tandis qu'un prisonnier s'élançait au-devant du nouveau venu. Que je regrette de vous voir ici! J'avais espéré que vous aviez pu suivre nos amis.

— En effet; mais j'ai été obligé de revenir pour les affaires du docteur de Montalto.

— Je crois que vous ne me reconnaissez pas; vous avez oublié Ottoboni, le teinturier, qui, ayant refusé de faire baptiser son enfant selon le rite catholique, a été condamné par les députés à payer une amende assez élevée pour ruiner de plus riches que lui.

Heureux de se retrouver, les deux amis s'entretenaient à voix basse, se racontant leurs malheurs et leurs inquiétudes, lorsqu'une voix retentissante vint les interrompre.

— Que la peste soit avec vous tous, odieux hérétiques! ne pouvez-vous laisser dormir en paix un pauvre malheureux? Ah! si j'avais mon poignard, je vous aurais bien vite imposé silence!

— Votre poignard n'est pas nécessaire, répondit Altiéri; un mot suffira pour nous faire respecter votre repos.

Plus d'une fois, pendant cette longue nuit, de sourds gémissements vinrent troubler le sommeil du nouveau venu; enfin, à la clarté d'une lampe fumeuse, il aperçut, vague et incertaine, une figure gigantesque s'agitant sur son lit de paille.

— C'est un brigand arrivé depuis quelques jours, murmura Ottoboni; il souffre d'une blessure au bras et d'une autre à la tête. On dit qu'il s'est rendu coupable de plusieurs crimes et qu'il était la terreur des voyageurs.

Hélas! le remords n'avait aucune part dans les angoisses de l'infortuné; la souffrance physique l'occupait tout entier, et bientôt ses gémissements inarticulés se changèrent en véritables imprécations.

— Je suis médecin, dit enfin Francesco en s'approchant de lui; je viens donc t'offrir de panser tes blessures.

— Jamais le doigt d'un hérétique ne touchera des bandages que des mains plus saintes ont posés. Cela seul rendrait inutile le charme béni.

Francesco était trop versé dans les pratiques populaires de la basse classe pour ignorer que le charme auquel le blessé faisait allusion consistait en trois morceaux de linge trempés dans de l'eau bénite et liés en croix sur la blessure; pour que le remède produisît son effet, le patient devait réciter un certain nombre d'*Ave* et de *Pater;* mais, soit que sa foi ne fût pas assez sincère, soit qu'il se fût glissé quelque erreur dans l'accomplissement des prescriptions, ses souffrances étaient restées les mêmes.

— Eh bien, ami, dit Altiéri, lorsque la clarté du jour eut pénétré dans les murs épais de la prison; es-tu mieux disposé, ce matin? Veux-tu me permettre d'essayer de te soulager?

Ne recevant aucune réponse, il découvrit le bras musculeux qu'une épée avait transpercé; et, d'une main sûre et légère, il se mit à laver la plaie.

— Maintenant, dit-il, tu dois prier Dieu, lui demander de te pardonner tes péchés, de guérir les blessures de ton âme aussi bien que celles de ton corps; et sois persuadé que tes souffrances actuelles ne sont rien en comparaison de celles que tu éprouveras un jour si tu continues à vivre dans le péché et si le repentir ne vient enfin toucher ton cœur.

Il parlait encore lorsque, la porte s'ouvrant brusquement, le commandant des gardes vint annoncer à Francesco Altiéri qu'il était appelé à comparaître devant le tribunal de l'Inquisition. Ce n'était pas la première fois que le jeune étudiant pénétrait dans l'intérieur du monastère; la salle arrangée en tribunal était celle où Riverda avait essayé de détourner de leur foi quelques femmes protestantes. Deux fauteuils étaient occupés par des inquisiteurs, et deux secrétaires, assis devant une table, devaient sans doute dresser un procès-verbal. Mais la séance de ce jour n'étant que préliminaire, le prisonnier fut renvoyé après avoir donné son nom et celui du lieu de sa résidence.

— Avant de me retirer, dit le jeune homme d'un ton ferme, permettez-moi de vous demander de quel crime je suis accusé, afin que je puisse me défendre. Je dois aussi vous prévenir que je ne suis sujet d'aucun canton, et que, né sous le lion de Saint-Marc, je réclamerai la protection de la République.

— Le Saint-Office n'a égard à aucune nation, répondit froidement l'un des inquisiteurs, le pape Paul III l'ayant établi au-dessus de tout pouvoir civil. Gardes, approchez, et amenez le prisonnier.

Garrotté et entraîné sous la voûte sombre, Francesco se trouva bientôt au fond d'un cachot souterrain; puis, la porte s'étant refermée sur lui, il entendit se perdre au loin le bruit des pas des gardes auquel succéda un profond silence, et quel silence! silence de mort que rien ne devait interrompre...

Vainement il prêta l'oreille, cherchant à saisir quelque mouvement dans les cellules voisines; les murs étaient si épais que pas

le plus léger bruit n'arriva jusqu'à lui. A
mesure que le tumulte de ses pensées venait
à se calmer, ce silence devenait plus terrible.

Couché sur la paille qui devait lui servir de
lit, le jeune homme commençait à calculer à
quelle distance il pouvait être de la partie
habitée du couvent, cherchant à se retracer
le labyrinthe des couloirs par lesquels il
avait été conduit, lorsque tout à coup quelque
chose parut s'agiter dans la fente du mur
au-dessus de sa tête. Se dressant sur ses
pieds, il regarda, écouta, écouta encore. Oui,
il ne se trompait pas : une feuille verte, poussée par la bise, était arrivée jusque-là. A cette
vue un tressaillement de joie vint faire battre
son cœur. C'était comme un lien avec le
monde extérieur dont il se sentait si douloureusement séparé.

Mais que laissait donc apercevoir cette fente
dans la muraille? Des arbres, de l'herbe
peut-être. Quoique éloigné depuis quelques
heures seulement de tous ces objets aimés,
il se sentit pénétré d'un désir insurmontable
de les voir encore, et se mit à examiner si
quelque saillie dans le mur lui permettrait
de grimper jusqu'à la hauteur de l'étroite
fenêtre. Mais ses mains n'étaient-elles pas

enchaînées? A la vue de ces fers rivés à ses poignets par une courte chaîne, Francesco, vaincu par l'émotion, éclata en sanglots.

Mais cette lutte cruelle fut de courte durée. Il connaissait trop bien la source de toute consolation pour se laisser aller au murmure, et, se prosternant, il pria : « Mon Père! mon Père! mon cœur défaille-t-il déjà? Ne puis-je veiller une heure avec toi? Pardonne-moi, Seigneur, et daigne me fortifier ! »

Les jours s'écoulaient, et, sauf le frère chargé de lui apporter sa nourriture, le prisonnier ne voyait personne; pas une voix n'arrivait jusqu'à lui. Le temps lui semblait d'une longueur interminable; une seule pensée, celle de son Sauveur, pouvait le consoler. Quelques passages de l'Ecriture sainte venaient lui parler du ciel et de ses joies. Oh! divin et saint Evangile, dans la misérable mansarde comme dans la cellule du martyr, tu fais ton œuvre de miséricorde! Tu fais connaître le salut par Christ, et un regard jeté sur ce trésor céleste peut donner plus de joie et de bonheur que toutes les félicités de la terre.

CHAPITRE XI.

La torture.

Francesco dormait profondément lorsqu'il fut réveillé par le bruit de la lourde porte grinçant sur ses gonds, et une vive clarté vint frapper ses yeux. Debout devant lui étaient deux moines qui lui ordonnèrent de les suivre. Il commençait à peine à reprendre sa présence d'esprit lorsqu'il se trouva dans une immense salle voûtée, assis sur un bloc de pierre auquel furent attachés ses fers.

Deux inquisiteurs, qu'il n'eut pas de peine à reconnaître comme étant ceux qui accompagnaient le nonce Riverda, étaient assis sur le tribunal. Ces visages impassibles, aux yeux ternes et fixes, auraient fait frissonner un cœur plus intrépide encore. Ayant aperçu un grand objet recouvert d'un drap noir qu'il comprit devoir être l'instrument de torture, Francesco fut saisi d'un tremblement convulsif qui ne put échapper à ses persécuteurs.

L'examen commença. Une déposition écrite par une main inconnue révélait la conversation de l'accusé près du lit de la vieille marchande, exagérant avec habileté chacune de ses paroles.

— La plupart de ces faits sont complétement faux, répondit le prisonnier lorsqu'on lui demanda ce qu'il avait à dire pour sa défense; quant à ce que je...

Il s'arrêta, se souvenant que rien ne l'obligeait à s'accuser lui-même.

— Continuez, s'empressa de dire un dominicain.

— Je demande à être confronté avec mes accusateurs. Je nie formellement d'être coupable d'aucun crime et désire que devant moi ils témoignent hardiment si aucune de mes paroles mérite le châtiment.

— Vous êtes opiniâtre, à ce que je vois, interrompit vivement l'un des inquisiteurs; apprenez donc que vous êtes accusé de répandre l'hérésie et les doctrines luthériennes, chaque fois que l'occasion s'en présente.

Cherchant à réunir ses pensées, Francesco garda un instant le silence : il désirait éviter une complète profession de foi. Lequel d'entre nous, ayant devant les yeux l'instrument de torture, ne serait pas assailli par une tentation semblable ? Le regard du malheureux était troublé, car ses espérances terrestres, l'avenir avec toutes ses joies se dressaient devant lui !

— Il ne te reste qu'à choisir, reprit l'Inquisiteur, entre la rétractation ou le châtiment. L'Eglise est pleine de miséricorde pour tous ceux qui reviennent à elle : comme le dit la sainte Ecriture, elle ne désire pas la mort du pécheur ; mais si tu te refuses à reconnaître tes fautes, je serai obligé de te mettre à la torture.

— Faites ! s'écria le jeune homme d'une voix ferme ; car je déclare et affirme que je suis non un protestant, mais un membre indigne de la sainte Eglise, ne reconnaissant pour Maître et Sauveur que le Christ, le Fils de Dieu.

— Vain subterfuge ! car tu ne peux nier que tu ne méprises le sacrement de la confession ; mais je vais te mettre à une dernière épreuve.

Et sortant de sa poche quelques papiers,

il lut à haute voix les questions suivantes :

— Crois-tu qu'après que les paroles sacramentelles ont été prononcées par le prêtre, le corps de Christ soit véritablement dans l'hostie?

Toutes les conséquences de la déclaration qu'il allait faire se dressèrent devant l'infortuné. Cependant rien ne lui paraissait aussi impossible que le mensonge qui seul pouvait le sauver. Un mot, un seul, et il était libre; mais, pour le monde entier, il n'aurait pu souiller son âme par le parjure. Levant les yeux, un rayon lumineux vint éclairer son pâle visage.

— Je crois que le corps de Christ est dans le ciel, dit-il enfin d'une voix lente mais ferme. Je crois que Jésus est assis à la droite de Dieu son Père, et qu'il en redescendra au dernier jour pour juger les vivants et les morts.

Pour toute réponse, et sur un signe presque imperceptible, le drap noir fut enlevé et l'instrument de torture découvert. Se sentant défaillir, Francesco tomba à genoux et supplia son divin Sauveur de lui donner la force dont il avait besoin. Ses mains enchaînées recouvrant son visage, il ne voyait, n'entendait rien de ce qui se passait autour de lui ; tout ce qu'il savait, c'était que le moment de l'épreuve était arrivé et que le secours de Dieu lui était nécessaire pour ne pas succomber. Ses chaînes furent détachées, ses poignets dégagés de leurs fers ; mais la sensation étrange de liberté et de bien-être qui s'empara de lui ne fut, hélas ! qu'un éclair ; car ses mains furent aussitôt liées derrière son dos, et bientôt l'infortuné apprit à ses dépens que la miséricorde inquisitoriale a des raffinements de cruauté, et qu'elle aime à faire pénétrer le patient pas à pas dans les profondeurs mystérieuses de la douleur...

Lorsque plus tard Francesco chercha à recueillir ses souvenirs, il lui fut impossible de dire combien de temps il avait été torturé, toute idée et tout sentiment étant anéantis par l'excès de la douleur.

— Mon fils, dit enfin l'Inquisiteur après avoir fait interrompre le supplice, nos cœurs saignent de te voir si obstiné ; dis un mot, et ta torture cessera.

— Mon Sauveur et mon Dieu ! donne à ton serviteur le courage de rester fidèle à la vérité ! s'écria le jeune homme.

Le dominicain pâlit, et après avoir donné l'ordre de continuer, il quitta la salle. Le faible avait triomphé du puissant; mais avant que les cordes eussent été rattachées, Francesco s'était évanoui.

CHAPITRE XII.

La sentence.

Lorsque, se réveillant comme d'un rêve terrible, n'ayant encore qu'une idée vague et incertaine de ce qui venait de se passer, le prisonnier ouvrit les yeux, le sentiment d'une douleur aiguë et d'une extrême faiblesse furent ses premières sensations. Oui, c'était bien la même cellule : un rayon de lumière pénétrait par le même étroit grillage, et un souffle d'air venait rafraîchir sa tête brûlante; mais lui, était-il bien le même Francesco Altiéri qui la veille était plein de santé et de vie? Pâle et amaigri, les yeux hagards, le visage sillonné de rides profondes, chacun de ses muscles paraissait flasque et détendu, et à chaque mouvement une souffrance presque intolérable le faisait pâlir malgré lui, jusqu'à ce qu'enfin un anéantissement total vint pour quelques instants lui faire oublier ses douleurs.

Plusieurs jours s'écoulèrent avant qu'il pût se soutenir sur ses jambes. Un silence de mort continuait à régner autour de lui, et à mesure que les forces lui revenaient, cette existence lui paraissait plus insupportable.

— Mille fois mieux la mort que ce tombeau vivant! répétait-il chaque jour.

Deux mois s'écoulèrent ainsi avec une lenteur désespérante. Enfin, au bout de ce temps, les portes s'ouvrirent de nouveau, et des gardes parurent, lui ordonnant de les suivre. Ce fut en cherchant à fortifier son courage pour les nouvelles douleurs qui allaient l'atteindre, qu'il entra dans la salle du jugement. Les dominicains n'étaient plus là; le prieur du couvent occupait seul leur place, et après avoir fait lire le résumé du procès, il demanda au prisonnier s'il le reconnaissait comme authentique. Sur sa réponse affirmative, le prieur lut d'une voix haute et distincte la sentence prononcée par le Saint-Office, déclarant que Francesco Altiéri ayant témoigné le désir de se réconcilier avec la sainte Eglise, le Tribunal, dans sa haute clémence, lui faisait grâce de la vie, le condamnant à un exil à perpétuité et à la confiscation de ses biens.

A ces mots, un cri de bonheur s'échappa du cœur du jeune homme; mais presque aussitôt une pâleur livide vint se répandre sur son front.

— C'est impossible! s'écria-t-il, jamais je n'ai renié ma foi et mes croyances; le tribunal n'a pu le croire, et je déclare ici...

— Si une erreur a été commise, interrompit vivement le prieur, nous ne sommes pas appelés à la rectifier; si toutefois tu aspires à devenir martyr, rassure-toi : bientôt plus d'un bûcher s'élèvera en Italie. Sa Sainteté le pape Paul IV a été inquisiteur; il connaît donc la manière de combattre l'hérésie.

— Quoi! il serait vrai? le pape Paul IV serait le cardinal Caraffa...

— Lui-même, et si j'ai un conseil à te donner, c'est de mettre ta personne hors de son atteinte. Pars donc : un bateau passe sur la rive opposée; il ne me reste qu'à te souhaiter un heureux voyage et bonne chance.

La nouvelle de l'élection du nouveau pape venait de changer soudain toutes les pensées de Francesco; l'univers entier, les êtres chéris dont il était séparé depuis si longtemps, tout ce qui lui avait fait aimer la vie vint se dresser devant lui, et son sang bouillonnait à la pensée des combats, des luttes, des espérances qui l'attendaient encore. Comme l'air était pur, les étoiles brillantes ! Que la terre était belle !

— Je suppose que tu n'oublieras pas la leçon que tu viens de recevoir, s'écria André d'Agnolo, qui l'attendait à la porte du monastère pour le conduire au rivage ; et j'aime à espérer qu'à l'avenir tu te tiendras tranquille.

— C'est ce qui te trompe, répondit Altiéri ; un soldat de Christ ne saurait déserter son drapeau.

— Je ne comprendrai jamais pourquoi des hommes qui pourraient mener une vie douce et heureuse persistent à s'exposer à de cruelles souffrances pour une chose qu'ils ne voient ni n'entendent ; non, André d'Agnolo ne le comprendra jamais !

— Supposons un instant, reprit Altiéri, que tu sois condamné à un châtiment et que quelqu'un vienne t'offrir de souffrir à ta place, simplement parce qu'il a pour toi une sincère affection : ne l'aimerais-tu pas de tout ton cœur et ne serait-il pas ton meilleur ami pour le reste de ta vie ?

— Oui, sans doute; mais où trouver un tel ami ?

— Je l'ai trouvé, moi; je le connais, et ce qu'il a fait pour moi il l'a fait pour toi; il a porté la peine de nos péchés, il a souffert à notre place sur la croix. Si tu crois en lui tu ne seras jamais condamné.

— Tu parles comme un vrai prédicateur; mais voici le bateau. Philippe t'escortera jusque sur l'autre rive; je te dis adieu et *felice notte!*

CHAPITRE XIII.

Voyage dans les montagnes.

Quinze jours s'étaient écoulés depuis celui où seul, sans ami, sans argent, Francesco, après avoir débarqué à l'extrémité opposée du lac Majeur, commença un périlleux voyage, soutenu par l'espérance de rejoindre les amis qui avaient reçu à Zurich un asile hospitalier.

Dans ces temps reculés, les seuls moyens de communication entre la Suisse et l'Italie étaient des passages de montagnes à peine frayés. Aussi ce ne fut qu'après plusieurs jours de marche difficile et dangereuse qu'il se vit en face du Splügen, ce sublime défilé de la chaîne Alpine. Aujourd'hui tout est bien changé : le voyageur peut contempler

4

du fond de sa voiture l'effrayante mais admirable gorge de la Via-Mala, formant le centre du Splügen ; il peut, enseveli dans de moelleux coussins, fixer ses regards sur l'agreste paysage, tandis que notre pauvre exilé, parcourant cette contrée sauvage avant que de larges routes eussent été tracées, avait à lutter contre des obstacles de tout genre ; il était obligé de traverser des torrents ou d'escalader des pointes de rochers s'élevant à pic au-dessus de l'abîme au fond duquel bouillonnaient les eaux du Rhin.

Des forêts, aux teintes sombres, s'élevaient sur la montagne, et partout où un arbre pouvait prendre pied, la tête d'un sapin apparaissait, majestueuse et fière.

Jamais un aussi beau spectacle ne s'était présenté au regard du jeune voyageur, et ce fut avec une profonde émotion qu'il contempla cette puissance sans borne de son divin Créateur. Appuyé sur le bord du ravin, il resta longtemps en face de ce sublime tableau, jusqu'à ce qu'enfin un hymne de louange s'échappa de ses lèvres.

Mais quelle ne fut pas sa surprise lorsque, s'arrêtant après la première strophe, il l'entendit répéter par une voix lointaine ! Il prêta l'oreille ; et bientôt, au détour du sentier, il vit s'avancer un voyageur qu'il n'eut pas de peine à reconnaître.

— Luigi Téo! s'écria-t-il; n'est-ce pas un rêve? Comment se fait-il que je te retrouve ici ?

— Oui, c'est moi qui vous présente ma compagne de voyage, ma femme, la petite Catherine, que vous connaissez déjà.

Luigi avait tenu parole, et, sans hésiter, la jeune fille avait quitté ses parents et son pays pour suivre celui qu'elle aimait.

— Vous voyez, reprit Luigi après un court récit, que je n'ai pas attendu comme les autres que la neige eût disparu : jeune et habitué aux frimas, je suis arrivé le premier à Zurich, où bientôt j'ai trouvé plus d'ouvrage que je ne pouvais en faire ; cela m'a décidé à aller chercher Catherine, et j'espère maintenant en retrouver assez pour nous faire vivre tous deux.

Luigi donna à Francesco tous les détails qui pouvaient l'intéresser ; mais il ignorait si le docteur de Montalto était encore à Zurich ; à son départ, il parlait d'aller s'établir à Ferrare.

— Mais, continua-t-il en examinant son compagnon, maintenant que je vous regarde, je vous trouve changé : il me semble que vous devez avoir souffert.

Au récit de toutes les tortures éprouvées par Francesco, les sourcils du jeune paysan se froncèrent et ses yeux noirs lancèrent des éclairs.

La route devenait à chaque instant plus difficile et plus escarpée, et l'attention des voyageurs devait se porter tout entière sur leur marche; ils se trouvaient alors au-dessus de cet abîme connu sous le nom de *Golfe-Perdu*, et qu'aujourd'hui un tunnel creusé dans la montagne a rendu praticable; les trois amis se virent obligés de faire un long circuit sur des hauteurs voisines pour redescendre ensuite le passage vers Tusis.

Arrivés là un spectacle saisissant vint frapper leurs yeux. De l'autre côté du précipice, et comme sortant de ce gouffre béant, apparaissait au loin le plus beau paysage, qui, éclairé par les derniers rayons du soleil couchant, était inondé de lumière; les ruines du château étrusque de Réalt se détachaient en silhouettes sur le sommet de la colline la plus élevée, tandis que, derrière elles, de noirs précipices et de sombres cavernes formaient un contraste étrange. La vue de cette terre bouleversée, de ce chaos de la nature où la mort semblait avoir laissé sa trace, vint pénétrer l'âme de nos voyageurs d'un indicible effroi.

CHAPITRE XIV.

L'autel sur la terre étrangère.

Après avoir quitté le village de Tusis, situé un peu avant l'entrée du passage du Splügen, nos exilés s'avancèrent vers le Nord, longeant les bords du Rhin jusqu'à Reichnau, et arrivèrent enfin à Coire, la capitale des Grisons. C'était non-seulement un lieu de refuge pour les protestants fugitifs, mais comme une nouvelle patrie leur offrant les droits et les priviléges de citoyens. Aussi, plus de la moitié d'entre eux se décidèrent-ils à s'y fixer avec leurs femmes et leurs enfants.

Il arrive souvent que déjà ici-bas une bonne action reçoit sa récompense; ce fut le cas pour la ville de Coire, qui en suite de l'accueil qu'elle fit aux réfugiés, vit bientôt s'accroître sa prospérité matérielle par le développement qu'ils donnèrent au commerce et à l'industrie.

Le désir d'arriver à Zurich le plus promptement possible décida Francesco à ne s'arrêter que peu de jours à Coire. Se dirigeant du côté de Ragatz, il traversa la belle vallée de Seez, toujours accompagné de Luigi et de sa femme; mais bientôt, malgré les magnificences de cette nature si riche et si fertile, nos voyageurs commencèrent à s'apercevoir qu'ils étaient sur la terre étrangère; le langage, le costume, la végétation, tout était différent et leur faisait sentir l'éloignement de la patrie.

Toutefois, ils avançaient toujours, et aperçurent enfin les eaux bleues du lac, dans lesquelles venaient se refléter des collines verdoyantes. Devant eux s'élevait la petite ville de Raperschwyl, à quelques lieues de Zurich, où ils espéraient arriver le lendemain.

Levé avec l'aurore, Francesco se dirigea vers cette ville, devenue le but de toutes ses pensées et de ses espérances; le soleil levant répandait au loin une douce clarté. Frappé d'admiration à cette vue splendide, notre jeune ami resta longtemps à la contempler. Entourée de collines bien cultivées et couvertes de riches pâturages, Zurich apparaissait dans toute sa gloire, son aspect riant et animé formant un contraste frappant avec la contrée sauvage et inculte que le jeune proscrit venait de parcourir.

Se remettant en marche, il eut bientôt rejoint un voyageur qui marchait devant lui.

— Je ne me trompe pas, c'est Peppi! s'écria-t-il en s'avançant.

— C'est vous, Francesco! Nous vous croyions perdu! Comme je suis heureux de pouvoir vous souhaiter la bienvenue sur cette terre de liberté!

— Dis-moi vite, et avant tout, si le docteur de Montalto est encore ici.

— Oui; je crois même qu'il est en ce moment dans la nouvelle église que le sénat nous a accordée. Notre pasteur, Bernardin Ochino, doit s'y faire entendre ce matin pour la première fois.

— Bernardin, le célèbre général des capucins?

— Lui-même. Obligé de quitter l'Angleterre, il s'était réfugié à Bâle lorsque nous lui avons offert de venir au milieu de nous. Je me disposais justement à aller l'entendre. Voulez-vous m'accompagner?

Comme ils se dirigeaient vers la porte de la ville, Peppi raconta à son compagnon tout ce qu'il pensait pouvoir l'intéresser sur leur établissement dans la cité de Zwingle et sur leurs efforts pour trouver quelque moyen d'existence.

Une foule compacte occupait déjà l'église; les bons Zurichois étaient accourus de toutes parts pour assister à la première prédication de cet ardent et intrépide serviteur de Dieu, dont rien n'avait pu ralentir le zèle et affaiblir la foi ; mais peu d'entre eux étaient en état de comprendre ce langage brûlant qui vint bientôt absorber l'attention de Francesco, tandis que, debout près de la porte, il cherchait à apercevoir Bianca de Montalto.

Le sujet choisi était la *justification par la foi*, doctrine puissante et douce, qui avait rendu la paix à l'âme longtemps agitée et perplexe de l'éloquent prédicateur.

« Comment est-il possible, » disait-il, « qu'un homme puisse croire un seul instant obtenir par lui-même le pardon de ses péchés? Christ a-t-il jamais dit au chef de la synagogue : « Expie tes fautes et tu seras sauvé? » Non; mais il a dit : « Crois seulement. » Regardez au brigand crucifié avec Jésus, et dites-moi, je vous prie, quel bien avait-il fait pour entendre ces paroles : Aujourd'hui, tu seras avec moi en paradis? »

En ce moment, quelque mouvement dans la foule permit à Francesco de s'approcher de manière à voir l'orateur : c'était un homme de haute taille, maigre, pâle, avec les cheveux et la barbe d'une blancheur de neige ; mais ce visage fatigué était comme illuminé par un regard pénétrant qui, par moments, lançait des flammes.

« Par Christ seul nous pouvons obtenir le pardon de nos péchés, » continua-t-il ; « il est mort pour nous ; il a porté la peine de nos transgressions, et souffert, lui juste, pour nous injustes, afin de satisfaire la justice divine. Si nous croyons en lui, nous sommes purifiés de tout péché ; mais ce trésor immortel est un don de Dieu que nous ne pouvons recevoir que par la foi.

» Quiconque, et c'est par là que je termine, quiconque est justifié par Christ peut comparaître devant le tribunal du Dieu tout-puissant avec une assurance pleine et entière ; comme Jacob fut reçu par son père lorsqu'il se présenta devant lui revêtu de l'habit d'Esaü, de même nous serons reçus de Dieu comme ses enfants, et obtiendrons l'héritage du royaume éternel. »

CHAPITRE XV.

Le frère Bernardin.

Rien ne saurait rendre la puissance de la prédication d'Ochino, le plus célèbre orateur de la Réforme en Italie. C'est au sujet de sa rupture avec l'Eglise romaine, que le cardinal Caraffa s'exprima ainsi :

« Toi, Bernardino, qui étais le héraut du Tout-Puissant, doué d'une sagesse et d'une connaissance peu communes; que le Seigneur avait placé dans sa sainte montagne pour être la lumière et le soleil de son peuple, le pilier de son temple, la sentinelle à l'entrée de sa vigne! »

« Cet homme ferait pleurer des pierres, » disait l'empereur Charles-Quint.

Nommé général des capucins à deux reprises différentes, Ochino allait obtenir le chapeau de cardinal, lorsque, n'écoutant que la voix de sa conscience, il abandonna toute perspective d'honneur terrestre pour devenir le pasteur des réformés italiens, se réjouissant, au milieu des persécutions, d'avoir choisi la bonne part.

Dans la soirée de ce même jour, Altiéri était enfin réuni à ses amis. Lorsque le nouveau pasteur fut introduit au milieu d'eux, la noblesse empreinte sur toute sa personne était encore plus frappante que le matin.

— Apprenant que vous désirez rentrer en Italie, dit-il en s'adressant à Montalto, je viens vous offrir quelques lettres pour les amis que j'y ai laissés. On me dit que vous voulez vous établir à Ferrare; cette ville bénie, cette lumière de la Lombardie renferme un grand nombre d'âmes chrétiennes parmi lesquelles se distingue celle de la noble duchesse Renée, qui, malgré sa défaillance momentanée, n'a pas cessé d'être un cœur sincère.

— J'ai eu le bonheur de la connaître, dit Mme de Montalto d'une voix émue, et j'ai reçu d'elle de précieuses bénédictions; aussi ai-je bien de la peine à croire à sa chute.

— Le cœur est faible et l'ennemi est fort, reprit Ochino avec tristesse.

— Mais Christ est fort entre tous.

— Cela est vrai; cependant Pierre lui-même a succombé; l'Esprit de grâce n'est pas donné à tous; tous les hommes ne sont pas faits pour être martyrs. Je sais que vous avez déjà beaucoup souffert, jeune homme, continua le pasteur en s'approchant de Francesco; mais je sais aussi que vous êtes sorti victorieux de l'épreuve. Tout ce qui se passe aujourd'hui n'est que le prélude de persécutions plus terribles, car je connais Paul IV, et je sais qu'il n'y a pas dans le monde entier un esprit aussi haineux. Plus il fera souffrir les disciples de Christ, plus il croira se rendre agréable à Dieu.

— Et cependant, si je ne me trompe, il faisait autrefois partie de cette sainte congrégation nommée l'Oratoire de l'Amour divin, ainsi que Sardolet et le noble Contarini.

— Oui, Contarini! répéta Ochino avec émotion; il a été enlevé de ce monde avant les mauvais jours. Jamais on ne vit de plus noble cœur, plus détaché des biens terrestres; il était trop bon pour ce siècle d'hypocrisie et de mensonge; le rêve de sa vie fut la réformation de l'Eglise; il est mort se confiant uniquement dans la miséricorde de son Sauveur. Je le vis à Bologne peu de temps avant sa mort, et je puis vous assurer que son âme jouissait d'une paix parfaite.

— La Parole de vérité a été annoncée dans toute l'Italie, reprit doucement Barbara après un moment de silence.

— Oui, mais elle n'y règne pas encore; les agents du mal sont trop nombreux et trop actifs, et peut-être n'entre-t-il pas dans les voies de Dieu de bénir notre patrie en laissant au milieu d'elle un libre accès à l'Evangile; longtemps encore elle souffrira pour avoir rejeté son Dieu Sauveur.

— Mais la duchesse doit avoir quelque autorité sur ses sujets, dit tout à coup le docteur, qui, absorbé dans ses pensées, n'avait pu suivre la conversation.

— Comme fille de France, elle est obligée de se soumettre à la volonté de son mari Hercule, et je crains fort que Ferrare ne soit pas un lieu de refuge pour nous autres réformés. Les colonies de la Calabre seraient une plus sûre retraite.

— Une colonie de paysans! non, je ne saurais me résigner à vivre au milieu d'eux; tout ce que je demande, c'est qu'on me laisse jouir en paix de ce qui m'est encore accordé.

— Eh! mon ami, dit Ochino, qu'est-ce que ce monde et pourquoi lui être si attaché? Christ avait-il une demeure sur la terre? Pourquoi donc mettre un si grand prix aux biens passagers de cette vie? Prenez garde, prenez garde! Si les ailes de votre âme doivent être arrêtées dans leur vol par les souillures terrestres, elles ne sauraient jamais s'élever dans une région meilleure, lorsque le moment arrivera où vous serez appelé dans les cieux.

— Vous nous parliez du pape, interrompit Francesco, désireux de changer le sujet de la conversation; quel âge peut-il avoir?

— Soixante et dix-neuf ans; mais il paraît plus jeune; il est plein de vie et de santé. Il a été grand Inquisiteur, et c'est lui qui a fondé l'Ordre des Théatines. Le jour même de son couronnement, il envoya des moines en Espagne pour y rétablir la discipline des couvents, et rien ne prouve davantage les craintes qu'inspirent les croyances luthériennes que l'élection de ce pape, car Alexandre et Léon n'auraient jamais su agir avec une telle vigueur. Mais il aura beau faire : il ne parviendra pas à éteindre le

flambeau de la vérité. Moi qui vous parle,
j'ai bien longtemps vécu dans l'erreur,
croyant acheter le ciel et le pardon de mes
péchés par l'abstinence et les austérités de
tout genre, jusqu'à ce qu'enfin la lumière
m'étant apparue, mon âme a trouvé la paix,
cette paix ineffable que le monde ne peut
donner ni ôter.

— Plusieurs d'entre nous ont soutenu les
mêmes luttes, reprit Francesco. J'ai souvent entendu raconter à mon oncle, Baldas-
sar Altiéri, tout ce qu'il avait souffert avant
de reçonnaître la vérité des saintes Ecritures.

— Serais-tu parent de ce vertueux Altiéri
si célèbre par son courage et sa fidélité? S'il
en est ainsi, souffrir pour le nom de Christ
est donc un héritage? As-tu reçu de ses nouvelles dernièrement?

— Hélas! nous avons tout lieu de craindre
qu'il ne soit tombé dans les mains de ses
adversaires; mais je me propose de me rendre à Venise, où réside encore une partie de
ma famille, et j'apprendrai peut-être ce qu'il
est devenu.

— De la prudence, jeune homme, et sou-
viens-toi que ton corps aussi bien que ton
âme doit être consacré au service de Christ,

Mais c'est trop longtemps nous occuper des choses de ce monde ; élevons plus haut nos pensées et prions ensemble.

CHAPITRE XVI.

Une fille de France.

Une muraille de sept milles de circuit en-
toure un immense marais que longe une rivière
aux eaux bourbeuses. Dans le but sans doute
d'éviter le danger des inondations, des digues
ont été élevées de distance en distance, tandis qu'au loin s'étendent de tous côtés de
vastes champs de blé et de riz, lorsque le
fléau destructeur de la guerre ne vient pas
tout ravager sur son passage.

A quelques pas de là s'élève la ville de
Ferrare, avec ses belles et larges rues
rayonnant autour d'une vaste place, avec
son château en briques rouges, ses palais à
façade de marbre et ses maisons dont toutes
les fenêtres grillées attestent le peu de sé-

curité qu'offre le pays. Au milieu de la place s'élève la cathédrale, d'architecture ancienne et que domine le château-fort entouré d'un large fossé, mesure de précaution qui ne parle que trop de la distance immense qui sépare le prince de son peuple.

Telle était Ferrare et ses environs dans l'année 1555, lorsque les exilés arrivèrent dans ses murs, et telle elle paraît encore aujourd'hui. Mais ce qui en faisait la vie et le mouvement a disparu; les terres marécageuses mal cultivées dont nous avons parlé répandent autour d'elles une atmosphère malsaine; les rues, désertes et silencieuses, sont remplies de mauvaises herbes; et si les palais aux riches sculptures existent encore, rappelant le siècle de l'aristocratie, on y cherche en vain l'élégante noblesse du temps passé; le château lui-même n'est plus la demeure de la famille d'Este, mais celle d'un prêtre délégué par le pape.

Mais nous avons à revenir à cette époque où un prince de Ferrare venait de prendre possession du château avec sa femme, fille de France. Les rues et la place étaient animées; le commerce et les manufactures en pleine prospérité, et sur le Pô naviguaient des flottilles entières de bateaux commerçants. Des professeurs distingués occupaient les chaires de l'Université, et le duc Hercule, qui en tout autre temps aurait passé pour un tyran, était aimé et estimé, car au seizième siècle, du moment où l'on pouvait se dire orthodoxe, la débauche et la cruauté étaient des fautes de peu d'importance.

Et comment douter du zèle religieux d'Hercule II? N'était-ce pas lui qui avait inauguré la croisade des martyrs en Italie? N'avait-il pas établi un collége de Jésuites, nommé l'un d'entre eux son confesseur particulier, et obligé sa femme, la fille de Louis XII, roi de France, à renoncer à son hérésie en la renfermant dans la partie la plus reculée du château, la tenant éloignée de ses enfants et de ses amis, jusqu'à ce qu'enfin la crainte de châtiments plus cruels encore entraînèrent la malheureuse princesse à déclarer qu'elle croyait à des doctrines que son cœur désavouait?

Après tout cela, qui donc aurait pu supposer que le duc Hercule n'était pas un fils zélé de la sainte Eglise? Il est vrai que toute trace d'hérésie n'avait pu s'effacer de sa famille; la duchesse conservait dans son cœur ses croyances protestantes, et ses serviteurs n'étaient pas de fervents catholiques; mais

avec plus de courage et de droiture, n'aurait-
elle pas été plus heureuse ? Le souvenir de sa
faute n'est-il pas la cause première de cette
tristesse qui voile habituellement son front ?
tristesse plus frappante que jamais au moment où nous la contemplons. Assise dans
un fauteuil, son pâle visage est incliné sur
son ouvrage ; mais le riche tissu d'or et de
soie qui est entre ses mains n'est pas le seul
objet qui absorbe son attention : sur la table
de marbre placée près d'elle est un livre ouvert : c'est l'*Imitation de Jésus-Christ* de
Thomas a-Kempis, et peut-être pense-t-elle
avec douleur à la manière dont elle a observé
les préceptes du pieux docteur! Dérobé à tous
les regards, enfoui dans les plis de sa robe
de brocart, est un autre petit volume bien plus
précieux encore ; sur la première feuille nous
lisons ces mots : « *Traité utile sur les bien-
faits accordés aux chrétiens par le sacrifice de
Jésus-Christ.* » Ce livre proscrit, contenant
assez d'hérésie pour infecter toute une province, contribua, quelques années plus tard,
à l'emprisonnement du vertueux cardinal
Morme et au supplice de Carnesechi, car il
déclare, de la manière la plus positive, que
tous ceux qui croient en Jésus-Christ crucifié
et se confient pleinement en lui pour être

sauvés reçoivent la pleine et entière assurance qu'ils seront purifiés de tout péché.

Cette glorieuse doctrine qui, grâce à Dieu, est reçue et acceptée dans notre pays, était un trésor caché pour la duchesse. Chaque fois qu'elle en lisait l'exposé, elle se sentait plus calme; le nuage qui obscurcissait son front se dissipait.

L'arrivée d'un page vint interrompre sa rêverie. Un professeur grec, que la princesse protégeait et qui était soupçonné d'avoir embrassé les doctrines nouvelles, réclamait la faveur d'une audience.

— Quoi! Barbara est ici! s'écria-t-elle après s'être longtemps entretenue avec le nouveau venu; Barbara de Montalto, cette ancienne connaissance que je désirais revoir! Faites-la entrer sans retard.

— Je viens aussi solliciter les bontés de Votre Seigneurie en faveur du comte Galeazzo Caraccioli, fils aîné du marquis de Vico, qui se dirige vers Genève et désire vous être présenté.

— Nous le verrons aussi; mais, avant tout, je veux recevoir Mme de Montalto.

Et la duchesse s'avança vers la porte. Aussi longtemps qu'elle restait assise, la pauvre femme savait dissimuler la difformité de sa taille qui, elle ne l'ignorait pas, avait contribué à éloigner d'elle son mari. Jamais Hercule II n'aurait laissé languir dans l'abandon la femme qu'il aurait aimée.

CHAPITRE XVII.

L'audience.

En attendant le moment d'être admise,
Barbara se mit à regarder autour d'elle. La
croisée de l'antichambre ouvrait sur une cour
étroite, entourée d'un canal dont les eaux
stagnantes et fangeuses offraient un aspect
peu agréable qui faisait contraste avec l'intérieur du château : les appartements aux
panneaux sculptés, aux plafonds armoriés,
étaient meublés, en effet, avec une richesse
peu commune.

D'immenses dressoirs chargés de vaisselle
plate garnissaient la salle des banquets, et
les chambres à coucher contenaient des lits
recouverts de satin cramoisi à franges d'or ;
tout, jusqu'à l'antichambre, annonçait la

splendeur et le faste. Deux pages, vêtus avec élégance , étaient debout près de la porte ouvrant sur le grand escalier , discourant ensemble à demi-voix.

— La cour est bien plus animée depuis le retour du prince Alphonse, disait l'un d'eux; mais je crains fort qu'il ne rapporte avec lui quelque chose de la haine que notre beau cousin de France a toujours si clairement manifestée pour ces malheureux protestants; il paraît d'accord en toutes choses avec le duc.

— Sa sœur de Guise lui aura donné quelques leçons, reprit son compagnon; mais il est plus prudent de ne pas trop parler, nous sommes si rapprochés de Rome! Ce vieux Paul IV fondrait bientôt sur Ferrare comme un vautour sur sa proie si le duc ne lui faisait de belles protestations.

Mme de Montalto n'avait pas perdu un seul mot de ce discours peu fait pour la rassurer. Elle qui avait fondé toutes ses espérances sur son entrevue avec la duchesse, que dirait-elle à ceux qui attendaient son retour avec angoisse si elle ne devait leur apporter que d'amères déceptions?

Désirant toutefois surmonter son émotion, la pieuse femme essaya d'élever son âme à de plus hautes pensées, se souvenant que la volonté de Dieu est toujours bonne et parfaite pour tous ceux qui mettent leur confiance en lui. Elle chercha à lui remettre toutes ses craintes comme toutes ses espérances, se répétant que lui seul dirige toutes choses.

— Soyez la bienvenue au milieu de nous, s'empressa de dire la duchesse, lorsque la nouvelle venue, s'inclinant avec respect, baisa la main de sa souveraine, et croyez que tout notre désir est de pouvoir vous être utile. Vous avez eu, je le sais, plus de courage que moi, continua-t-elle d'une voix tremblante; vous êtes restée ferme à l'heure de la tentation, tandis que j'ai succombé : l'écolière a surpassé la maîtresse. Mais laissons cela, et dites-moi dans quelle année vous avez visité notre cour; je ne puis m'en souvenir.

— Il y a près de vingt ans; Carlos d'Happeville habitait ce château.

— Jean Calvin, comme on le nomme dans mon pays natal, puissant et célèbre docteur, qui mieux que tout autre a su faire connaître la Parole de Dieu. Oui, à ce moment-là, la lumière de vérité brillait sur notre chère Italie, tandis qu'aujourd'hui elle est obscurcie par de sombres nuages.

5

Renée soupira et resta longtemps silencieuse; ses pensées la ramenaient à vingt ans en arrière, aux jours de sa jeunesse, lorsque ses enfants bien-aimés, Anne et Alphonse, apprenaient sur ses genoux les saintes Ecritures, n'ayant pas encore appris à regarder comme pernicieuses les instructions de leur mère.

A côté de ces images chéries venait se dresser devant elle celle, douce et austère, de Mme de Soubise, son ancienne gouvernante, qui, la première, avait déposé dans son cœur les précieuses semences de ces grandes vérités qu'elle avait, hélas! reniées plus tard.

— J'allais oublier, dit enfin timidement Barbara, de vous remettre cette lettre qu'à mon départ de Zurich notre pasteur Ochino m'a donnée pour Sa Seigneurie.

Après quelques conseils (conseils si franchement exprimés, qu'en les lisant le front de Renée se couvrit de rougeur), Ochino lui recommandait le docteur de Montalto, dont le désir était de pouvoir s'établir à Ferrare pour y reprendre sa profession.

— Ochino se fait de grandes illusions, reprit tristement la duchesse; moi qui puis à peine protéger les miens, comment puis-je espérer être utile à personne? Toutefois, la place de second médecin de notre maison devant être bientôt vacante, le docteur peut compter sur notre bienveillance. Ne me remerciez pas. Essayer de protéger, de soutenir mes frères dans la foi est un devoir pour moi.

Renée parlait encore lorsque la lourde portière s'entr'ouvrant, le jeune prince Louis fut annoncé. Le pâle visage de la duchesse s'éclaira soudain.

— Je n'aurais pu partir pour la chasse sans te voir, mère chérie, dit-il en s'élançant près d'elle ; j'ai travaillé toute la matinée, et mon père prétend qu'avant qu'il soit longtemps, je serai homme d'Eglise ; il est vrai que je préfère mes livres à tous les faucons et à tous les chiens du duché ; mais il m'a fait prévenir que je devais l'accompagner, et j'obéis.

Ce fils chéri était le rayon de soleil de la duchesse. Appelé du nom de son grand-père Louis XII, le Père du Peuple, elle avait souvent demandé à Dieu qu'il pût lui ressembler ; sa prière se trouva exaucée, lorsque quelques années plus tard Louis, le cardinal, devint célèbre par ses vertus.

— Tu n'as pas daigné jeter un regard sur mon costume, bonne mère, dit-il en se redressant fièrement, le plus beau pourpoint de tout Ferrare ; je croyais cependant que rien ne pouvait échapper à l'attention féminine lorsqu'il s'agit de toilette.

Le pourpoint était du velours de Gênes le plus beau, avec des manches ouvertes, qui laissaient apercevoir la fine batiste de celles de dessous ; il était d'une richesse digne de celui qui le portait. Le costume du jeune prince était complété par des hauts-de-chausses très-justes, allant de la hanche au talon, et par une toque en velours noir ornée de plumes blanches.

— Tu me parais, en effet, très-élégant, mon cher fils, mon enfant bien-aimé ! dit sa mère après avoir considéré avec ravissement le beau et charmant jeune homme qui restait debout devant elle ; mais j'espère, — et la voix de Renée devint tremblante, — j'espère que tu possèdes de plus beaux ornements que ceux-ci : un cœur entièrement dévoué à Dieu.

En cet instant le son du cor retentit.

— Il faut que je te quitte, chère mère ; mais sois sans inquiétude ; lorsque je serai pontife, ton innocente hérésie ne sera pas troublée, je te le promets ; car je suis bien persuadé que la foi qui te rend meilleure que nous tous ne peut être que bonne.

Bientôt le brillant cortége défila sur le pont-levis et traversa la place, ayant à sa tête Hercule II et son fils. Des cris joyeux retentissaient au loin ; dames et cavaliers chevauchaient sur de fringants palefrois, tandis que de pauvres ouvriers suivaient le cortége d'un œil d'envie. Vingt minutes étaient à peine écoulées qu'une femme, vêtue d'un manteau de couleur sombre, parut sur le même pont et traversa la même place, emportant dans son cœur plus de vrai bonheur que n'en possédait cette brillante société.

Oui, Barbara de Montalto éprouvait un sentiment de joie indicible ; car, pour celui qui a donné son cœur à son Sauveur, il suffit d'une petite part de biens temporels. Que sont, en effet, les richesses de ce monde, pour celui qui a toujours à ses côtés son céleste Ami ?

CHAPITRE XVIII.

La ville de Ferrare et ses habitants.

Le jour de Noël est arrivé. Une foule compacte s'agite dans les rues, se croise en tout sens, allant, venant, sortant des églises, des couvents, des palais somptueux, tous sachant faire marcher ensemble les affaires, le plaisir et la dévotion.

Pénétrez sous ces voûtes sombres, et vous verrez que, pour cette multitude qui se presse, la religion consiste à se prosterner devant des images en cire ou en marbre, représentant la sainte Vierge et l'enfant Jésus. Voyez la coupole d'or bruni, élevée au-dessus de la tête de la Vierge, son trône de lapis-lazuli, sa robe du tissu le plus riche et le plus éclatant, brodée de pierres précieuses, tandis que le Christ lui-même est relégué à l'arrière-plan, dans l'image comme dans le culte qui lui est rendu. Suivez la foule mouvante; foulez avec elle le pavé en mosaïque, et arrêtez-vous devant ces trésors qui, dans un jour comme celui-ci, sont exposés aux regards du peuple. Voici un portrait de la Vierge soutenue par des anges, qui, selon la chronique, serait dû au pinceau de saint Luc; devant ce tableau brûlent jour et nuit des lampes aux reflets dorés.

Dans une autre église voisine de la première, vous voyez moins de richesses; mais, ce qui attire plus de spectateurs encore, c'est une représentation de l'étable de Bethléem. Rien n'y manque : la crèche, le troupeau, Joseph et Marie, l'enfant lui-même couvert de batiste et de dentelles; les femmes et les enfants ne peuvent se lasser d'admirer ces merveilles. Toutefois, Ferrare tout entier ne se prosterne pas devant ces images; un petit nombre de chrétiens obscurs et ignorés avaient eu le courage de se tenir éloignés de ce culte pompeux. La noble phalange des martyrs devenait, il est vrai, chaque jour plus nombreuse, et la mort, la torture ou l'exil rendaient bien faible cette Eglise réformée jadis si florissante; mais le coup le plus cruel fut celui que lui porta la duchesse Renée en reparaissant publiquement dans l'Eglise catholique romaine. Ainsi, à Ferrare, dans l'année 1555, le jour de Noël, la religion théâtrale de Rome était en pleine faveur parmi le peuple comme à la cour; et d'obscurs protestants, obligés de se dérober à tous les regards, devaient s'estimer heureux lorsqu'ils parvenaient à sauver leur vie et à gagner leur pain de chaque jour.

Elevée dans le giron de l'Eglise réformée par une mère pieuse et éclairée, Bianca n'avait jamais assisté à un spectacle de ce genre, et son père ayant exigé qu'elle l'accompagnât au milieu de cette foule, elle considérait d'un œil stupéfait ces signes de croix, ces génuflexions devant les images. « Quel contraste avec le culte si simple des protestants ! » pensait la pauvre enfant, tout en parcourant les églises fastueuses de Ferrare; et combien un cœur sanctifié et renouvelé lui paraissait plus digne du Rédempteur ! Elle ne pouvait surmonter une impression de douloureuse tristesse, et ce fut avec un soulagement inexprimable qu'elle se retrouva dans la rue étroite où sa mère l'attendait avec quelques amis.

— Belle religion que la vôtre ! s'écria tout à coup le docteur, qui depuis quelques instants marchait près d'elle sans prononcer une seule parole; religion qui permet de désobéir à son père, de l'exposer à de continuels dangers ! Mais, prenez garde, Bianca, si, par la faute de votre mère, j'ai déjà perdu ma fortune et ne suis plus qu'un mendiant, je n'entends pas perdre la vie par votre obstination.

— Mais que puis-je faire, cher père; que désirez-vous de moi ?

— Que vous suiviez l'exemple de la duchesse Renée. Ayez les opinions que vous voudrez, mais gardez-les pour vous. Personne n'ignore que la duchesse est restée protestante de cœur, et qu'elle n'a fait que se plier aux exigences de sa position; eh bien, votre mère doit faire de même, et ne pas risquer ma tête par son zèle exagéré. Il y a justement trois années que Georges Sicolo fut pendu là, devant les fenêtres de ce palais, et cela parce qu'il était accusé d'hérésie.

Et Montalto frissonna; car devant lui était le lieu où avait été dressé le bûcher de Fannio, et à quelques pas bouillonnaient les eaux bourbeuses de la rivière qui avaient reçu les cendres du martyr. De semblables souvenirs étaient bien faits pour faire trembler un homme plus courageux que lui.

« Je ne reconnais plus mon père, lui qui était toujours si bon pour moi, » se disait tristement Bianca en gravissant l'escalier de sa demeure ; « la pauvreté l'a aigri ! Dieu veuille lui faire comprendre quelles sont les vraies richesses ! »

Dans une chambre basse, mais spacieuse, où l'air pénétrait de toutes parts, froid et glacé, trois femmes étaient occupées à des ouvrages à l'aiguille ; à l'expression intrépide et fière de l'une d'entre elles, il est facile de reconnaître Barbara de Montalto. A ses côtés est assise Lucrèce Morata, au visage pâle et triste, bien connue dans l'histoire par ses vertus domestiques, et qui, au moment de la persécution, fit preuve d'un courage et d'une énergie que la piété seule peut donner.

La troisième est une belle jeune femme, dont la quenouille et le fuseau ne s'arrêtent pas un instant. Toutes trois accueillirent avec joie la jeune fille, sur laquelle cependant l'œil maternel vint se fixer avec inquiétude. Sa part de besogne l'attendait elle aussi : du linge à coudre, étoffe dure et grossière comme aucun métier n'en produit de nos

jours. Elle vint s'asseoir près de celle de ces
femmes dont l'âge se rapprochait du sien,
et toutes deux se mirent à jaser à voix basse.
Au point de vue intellectuel, un abîme les
séparait; car la fille de Lucrèce Morata,
sœur de la célèbre Olympia, ne pouvait avoir
reçu une éducation ordinaire; aussi sa compagne, moins versée dans les sciences clas-
siques, avait-elle pour son amie la plus haute
admiration. Mais ce soir-là il ne pouvait
être question d'études ou de sciences. Bianca
avait à raconter tout ce qu'elle venait de
voir, et la jeune femme l'écoutait avec le
plus vif intérêt.

— Mais, ma chère petite, dit enfin celle-ci
avec un sourire malin, que dira un certain
jeune homme de notre connaissance, lorsqu'il apprendra la manière dont vous avez
célébré la veille de Noël?

— Je ne puis espérer qu'il l'approuve;
mais je ne lui dois pas encore obéissance...

Ici une difficulté dans son ouvrage obligea
Bianca à y donner toute son attention.

— Eh bien, continuez. Voyons, jusqu'à
quand comptez-vous lui désobéir?

— Je voulais dire que pour le moment
mon devoir est d'obéir à mon père. D'ailleurs,
tout ce que je viens de voir n'a fait que

m'éloigner davantage de ces cérémonies et de ces fausses splendeurs.

— Quant à moi, reprit Pérégrina en baissant la voix, je dois vous avouer que tout cela aurait pour moi un certain attrait... ces fleurs, cette foule. Aussi ai-je bien quelque mérite à m'en tenir éloignée.

— Je crois cependant, interrompit Bianca d'un ton ferme, que lorsqu'une âme a véritablement reçu le Sauveur dans son cœur, elle ne voit plus qu'une espèce d'idolâtrie dans ce culte extérieur où le Christ, le Fils de Dieu, n'a qu'une part secondaire.

— Pérégrina, s'écria sa mère, allez me chercher dans le coffre de chêne cette ode, écrite par notre Olympia à l'âge de douze ans. Il me semble la voir encore dans sa robe blanche, récitant ses vers aux amis de son père, conversant avec eux en latin avec autant de facilité que dans sa langue maternelle. Comme nous étions heureuses alors ! Pourquoi faut-il que ce bonheur se soit évanoui à jamais !

Et la pauvre mère essuya une larme; mais les exigences de la vie matérielle refoulant dans son cœur de si chers souvenirs, elle reprit bientôt, après avoir surmonté son émotion :

— Allez voir, mon enfant, si le souper se prépare. Et à l'instant la jeune femme se leva pour obéir ; car, dans ces temps reculés, la soumission filiale était fidèlement observée, et ni 'la position ni les circonstances ne pouvaient rien changer à ce premier devoir.

Du riz, du lait d'amandes, des figues sèches, et du poisson bouilli avec du vin et des épices composaient, ce soir-là, un souper exceptionnel, car c'était la veille de la fête de Noël. On n'attendait, pour se mettre à table, que l'arrivée du docteur de Montalto et du mari de Pérégrina.

CHAPITRE XIX.

Notre Olympia.

Le coffre en chêne renfermait un vrai
trésor de livres et manuscrits, au milieu
desquels se trouvaient les premiers écrits
d'Olympia, des fables italiennes traduites en
latin, des essais de compositions grecques
et quelques poëmes que, dans son orgueil
maternel, sa mère désirait faire connaître à
ses amis.

— Mon petit Emilien marche sur ses traces,
dit-elle. Olympia m'écrit qu'il fait de rapides
progrès; c'est elle qui lui a donné ses premières leçons. Il n'avait que cinq ans lorsqu'elle a désiré l'emmener à Schweinfürth,
au moment de son mariage.

— Je croyais qu'elle habitait Heidelberg?

— Oui, maintenant, Günthler, mon gendre ; occupe la chaire de médecine à l'Université, et notre fille aurait pu être attachée
à la cour de l'Electeur ; mais depuis le siége
de Schweinfürth, où ils ont perdu tout ce
qu'ils possédaient, sa santé est très-affaiblie.
J'aurais beaucoup désiré aller la voir ; mais
on parle de troubles et de guerres de l'autre
côté des Alpes. Quant à ma fille Victoria, je
suis sans inquiétude sur son sort : elle est en
parfaite sûreté auprès de la princesse de
Rovero, cette intime amie d'Olympia, qui
lui a témoigné plus d'affection que jamais,
lorsque la duchesse Renée s'est éloignée
d'elle, subissant la fâcheuse influence de ce
misérable aumônier Belsec.

— Il me semblait vous avoir entendu dire,
chère amie, observa Barbara, que la dis-
grâce de votre fille avait été la première cause
de sa conversion. S'il en est ainsi, tout cela est
un sujet de bénédictions et non de regrets.

— Oui ; il est vrai que la négligence et
l'oubli de ses amis ont tourné vers Dieu le cœur
de notre chère enfant. Pendant les années
passées à la cour, lorsqu'elle était fêtée,
admirée, caressée plus qu'aucune autre, elle
avait la tête remplie d'idées fausses, et quoique la foi chrétienne fût dans son âme, la

prédication d'Ochino n'était pour elle qu'une douce musique bientôt oubliée ; mais, lorsque le Seigneur parla à son cœur en lui envoyant de douloureuses épreuves, elle fut promptement humiliée et ramenée dans la bonne route. Aussi l'ai-je bien souvent entendue bénir le jour qui l'a séparée de la cour. Voyez ce qu'elle m'écrit.

Et, remettant ses lunettes, Lucrèce Morata choisit quelques passages tracés par cette fille bien-aimée ; car, il faut le dire, son plus grand plaisir était de parler du temps des succès d'Olympia ; son cœur de mère ne pouvait s'empêcher de regretter ses triomphes d'autrefois, tout en comprenant que sa vie actuelle, obscure et modeste, était bien meilleure pour le salut éternel de son enfant chérie.

Après avoir raconté le siége de Schweinfürth et la nomination de son mari comme professeur à Heidelberg, Olympia continuait en ces mots :

« J'apprends que la religion est aussi per» sécutée en Angleterre » (ces lignes étaient écrites sous Marie Tudor) ; « tant il est vrai » que le chrétien doit porter sa croix en » quelque lieu que ce soit ; et, pour ma part, » mon seul désir est de vivre pour notre

» Dieu. Ce que je lui demande sans cesse,
» c'est qu'il me donne plus de foi et de fidé-
» lité, et je sais qu'on ne l'implore jamais
» en vain. »

Olympia était bien changée depuis le temps où elle déclamait devant la cour de Ferrare, et où l'approbation de son auditoire était l'objet de son ambition; elle n'avait pas encore appris à cette époque que la folie de l'Evangile est mille fois meilleure que la sagesse des hommes.

Les pensées de la mère d'Olympia étaient encore toutes remplies de cette lettre et de son contenu, lorsque le docteur arriva enfin; sa physionomie exprimait une satisfaction qui ne lui était pas habituelle; la place de second médecin de la maison ducale venait de lui être promise.

— Vous voyez que la duchesse ne nous oublie pas, lui dit sa femme; sa protection n'est pas inutile, même aujourd'hui.

— J'ai aussi de bonnes nouvelles à vous donner, interrompit Lucrèce en s'adressant à son gendre : un messager de Lucques m'a apporté ce que vous voyez là.

Tout en parlant ainsi, elle ouvrit un petit paquet attaché avec un ruban de soie; il renfermait quelques mots de la main d'Olympia, et une petite somme en or, fruit de ses économies.

Avec quelle émotion la pauvre mère lut ces lignes d'affection, et quelle aurait été sa douleur si, à cette heure même, elle avait pu voir la demeure désolée de cette fille si chère! Ce mari, brisé par la souffrance, errant dans cette ville frappée du fléau de la peste, et portant en lui le germe de la mort! Olympia avait quitté ce monde au mois d'octobre; et telle était la lenteur des communications, qu'au milieu de janvier 1556 cette fatale nouvelle n'était pas encore parvenue à Ferrare.

Une lettre arriva enfin; elle était datée de Bâle. Quelques instants s'écoulèrent avant que Lucrèce eût le courage d'en briser le cachet. De qui pouvait-elle être? Ce n'était pas l'écriture de son gendre, moins encore celle d'Olympia. Poussée par une curiosité inquiète, Pérégrina, regardant par-dessus l'épaule de sa mère, lut ces mots:

« Celio Curione à très-excellente dame Lucrèce Morata, salut. »

— Vous le voyez, chère mère, vos inquiétudes étaient mal fondées, s'écria-t-elle en l'embrassant. C'est une lettre du vieil ami de mon père; peut-être a-t-il reçu quelques nouvelles de ma sœur. Lisez, chère mère, lisez.

« Si je suis resté trop longtemps sans vous
» écrire, à vous que j'aime comme une sœur,
» ne croyez pas que j'oublie vos bontés pour
» moi, et l'hospitalité reçue sous votre toit.

— Oui, cela est vrai, dit Lucrèce en interrompant sa lecture, mon cher mari fut un fidèle ami pour lui; mais il acquittait une dette de reconnaissance, Curione étant celui dont Dieu s'est servi pour l'amener à la foi réformée. Vous n'étiez pas née encore, mon enfant, lorsque, obligé de quitter Pavie, le pape, menaçant d'excommunier l'université à cause de lui, votre père alla se réfugier à Venise, puis ici. Il me semble que tout cela se passait hier. Notre Olympia, quoique bien jeune encore, était déjà citée pour sa beauté et son intelligence : Curione lui donna ses premières leçons.

— Chère mère, ne voulez-vous pas achever sa lettre ?

Comment expliquer l'inquiétude vague qui s'était emparée de la jeune femme, si ce n'est par ce pressentiment mystérieux que nous éprouvons quelquefois à la veille d'un malheur ? Après avoir raconté les difficultés et les souffrances éprouvées par Olympia,

Curione s'arrêtait longuement sur la fragilité des joies de ce monde, contrastant avec les gloires réservées au chrétien dans la vie éternelle, et qui étaient devenues l'objet des espérances d'Olympia comme de toutes ses pensées, et il se réjouissait du désir si souvent exprimé par celle qu'il aimait comme une fille, de quitter cette terre pour être près de son Sauveur.

« Dieu l'a prise dans ses bras, » continuait-il ; « il l'a reçue dans son ciel où rè-
» gne le vrai bonheur, ce bonheur qu'elle
» avait si vivement désiré. Si nous ne pen-
» sons qu'à nous, nous ne saurions trop la
» pleurer ; mais si nous comparons la félicité
» dont elle jouit avec les peines de cette vie,
» nous ne pourrons qu'être consolés. L'Olym-
» pia que nous aimons n'est pas morte ; elle
» vit avec Jésus, heureuse et immortelle.
» Après les orages de la vie terrestre, elle
» est en paix près de son Dieu. »

Son mari avait demandé à Curione de se charger d'apprendre à sa famille la douloureuse nouvelle, et cette triste lettre, modèle de vraie piété et de tendre affection, arriva à Ferrare au moment où lui-même et le jeune Emilien étaient emportés par le fléau dévastateur qui ravageait Heidelberg. Ce fut ainsi

qu'une des plus brillantes étoiles de la Réformation italienne disparut à l'horizon pour
resplendir éternellement dans un firmament
à jamais lumineux.

CHAPITRE XX.

Le moine renégat.

Le parti réformé de la ville de Ferrare n'osait pas se réunir ouvertement, et le lieu de réunion variait chaque fois, car l'œil d'Argus de l'Inquisition était toujours à craindre. Les fidèles ne se réunissaient qu'à des heures très-tardives, persuadés que le bonheur de prier en commun pouvait leur coûter la vie.

Sous de pareilles conditions, lesquelles de nos Eglises seraient remplies? Il est bon quelquefois de jeter un regard en arrière et de faire la comparaison entre ce que supportaient ces hommes courageux et les priviléges dont nous jouissons aujourd'hui, priviléges achetés au prix de tant de sang répandu dans ces années 1555 et 1556.

Visitons ensemble une de ces réunions que l'archevêque du diocèse de Ferrare connaissait bien, mais qu'il ne parvenait pas à détruire. Des espions sont dispersés en tout sens ; des traîtres sont chargés de combattre l'hérésie partout où elle se trouve : ils ont la liberté de prendre toutes les formes, de commettre tous les crimes pour arriver à amener les coupables sur le bûcher du Saint-Office.

C'est ainsi que, dans ce jour de fête, tandis que toutes les cloches retentissent au loin, que les prêtres se dirigent à pas lents vers les nombreux autels, deux ou trois disciples de Christ sont réunis dans le sanctuaire ignoré d'une humble et modeste chambre. Leurs voix n'osent s'élever en chants de louange, mais ils savent que Celui qui parut au milieu des apôtres réunis lorsque les portes étaient fermées est aussi auprès d'eux, répandant sur ses enfants le don du Saint-Esprit.

Un moine renégat devait se faire entendre. Echappé dernièrement des prisons de Bologne, il avait cherché un refuge sur le territoire d'Hercule ; enthousiaste et ardent, son regard lançait des flammes ; sa parole était puissante, et la souffrance avait fait son œuvre dans cette âme.

La justification par la foi en Christ était la base de ses discours, et deux fois déjà il avait risqué payer de sa vie cette périlleuse doctrine. Sa prédication terminée, l'orateur donna quelques détails sur l'Eglise de Dieu établie à Bologne, ainsi que sur ses luttes et ses défaillances. Le malin esprit redisait tour à tour à l'oreille des réformés en prison les horreurs de la mort et les douceurs de la vie...

— Je fus du nombre de ces malheureux, qui renièrent leur foi, continua-t-il.

Et baissant la tête, il garda le silence.

— La grâce du martyre n'est pas donnée à tous, mon frère, dit l'un des auditeurs en posant la main sur l'épaule du prêtre. Tu as bien agi en confessant ta faute, et je ne doute pas que le Seigneur ne l'aie déjà pardonnée, car sa miséricorde est sans borne; ne te laisse donc pas abattre, mais efforce-toi désormais d'édifier l'Eglise de Dieu. Mourir pour Christ n'est pas toujours la meilleure manière de le servir; si tous ceux qui confessent la vérité devenaient martyrs, qui donc la prêcherait sur la terre?

— Oui, murmura le prêtre, il y a pardon près de lui afin qu'il soit craint.

— Mes frères, dit un vieillard à cheveux blancs, je suis vieux et je me souviens du temps où le terrible fléau de la guerre ravageait tout autour de nous ; et lorsque, dans une bataille, celui qui portait le drapeau tomba, tous comprirent cependant, en le voyant se relever, que le général était encore au milieu d'eux ! Eh bien, notre drapeau chrétien peut aussi disparaître quelques instants, mais le grand Capitaine est toujours devant nous, et le jour viendra où notre étendard sera relevé pour toujours par une main toute-puissante.

Tous comprirent que le vieux soldat faisait allusion à la duchesse, dont le courage avait failli sous les menaces de son mari. Sa voix était faible et tremblante lorsqu'il reprit :

— J'ai vécu bien des années avant que l'infâme Borgia vînt prendre place sur le trône de Pierre, et je me souviens du temps où l'Italie tout entière était plongée dans l'ignorance la plus profonde. J'étais ici lorsque régnait Hercule 1er, et je puis vous assurer que la Parole de Dieu était rarement prêchée et entendue. Les prêtres faisaient ce qu'ils voulaient, lorsque l'un d'entre eux, vaillant avant-coureur de la Réforme, chercha à répandre et à faire connaître les saintes Ecritures ; mais aussitôt le Livre saint fut

6

saisi et brûlé. Né dans cette ville, Savona-
rola fut le premier qui eut le courage de
faire briller la lumière divine; dès lors elle
n'a pas cessé de se répandre au loin, et cette
Parole nous dit d'avoir bon courage, d'aller
en avant, de combattre sans cesse, lors
même que notre drapeau viendrait à disparaître du milieu de nous.

La duchesse Renée méritait-elle en effet
d'être jugée si sévèrement, et sa faiblesse
devait-elle décourager le peuple du Seigneur?
Les heures s'écoulaient, et la petite congrégation se dispersa lentement et sans bruit :
quelques amis seulement restèrent dans la
chambre haute, pour assister à la bénédiction des fiançailles de Bianca de Montalto
avec le jeune médecin Francesco Altiéri.

CHAPITRE XXI.

Nuage menaçant.

De tristes inquiétudes vinrent trop tôt troubler le bonheur des fiancés ; car, au seizième siècle, les disciples de Christ tremblaient sans cesse pour les objets de leur tendresse. Aussi Montalto ne pouvait-il approuver le choix de sa fille, et regrettait l'encouragement tacite qu'il avait donné aux projets du jeune homme dans des circonstances plus heureuses.

Altiéri ne possédait qu'une très-petite fortune ; et comme il se trouvait sans occupation sur la terre étrangère, le docteur jugea prudent de retarder l'union des jeunes gens jusqu'à des temps meilleurs. Il est vrai que l'horizon, s'assombrissant de jour en jour,

n'offrait pas un riant avenir aux fiancés ;
mais ils s'aimaient, et un bonheur doux et
paisible se lisait sur leurs fronts. Seul, Montalto paraissait sombre et taciturne. Un
jour où il était plongé dans ses réflexions,
Lucrèce Morata vint l'en arracher ; il profes-
sait pour elle une grande affection, et tandis que les jeunes gens s'entretenaient à voix
basse, les parents se mirent à repasser ensemble les souvenirs du temps heureux où
la foi réformée était un moyen assuré d'obtenir la faveur de la famille régnante.

— Mais il me semble, dit Montalto, qu'à
l'époque dont nous parlons, l'Eglise n'avait
pas décidé si les doctrines de Luther devaient
être adoptées ou rejetées. Or comment un
homme peut-il se fixer sur une chose aussi
importante avant que l'Eglise soit éclairée ?
Le Tout-Puissant sait bien, lui, que souvent
nous sommes obligés de paraître croire ce
que nous ne croyons pas. Il est miséricor-
dieux et regarde au cœur.

— Nous ne lisons cependant nulle part que
le Seigneur ait approuvé le reniement de
saint Pierre, qui peut-être ne se serait pas
rendu coupable de son crime s'il ne s'était
trouvé au milieu de ses ennemis, observa
Lucrèce Morata, qui ne comprenait que trop

combien cet esprit faible et timide devait faire souffrir le noble cœur de sa compagne.

L'arrivée du professeur Portus vint changer le sujet de la conversation. Il apportait des nouvelles qui n'étaient pas sans importance. On disait dans le monde de Ferrare que Philippe II, récemment monté sur le trône d'Espagne, formait un parti en Italie, dans le but de contre-balancer l'influence française, et on ajoutait que Cosme de Médicis, duc de Toscane, avec Octave Farnèse, duc de Parme, se ralliaient à lui.

— Il est évident, ajouta le professeur, que notre duc Hercule se réunira à son neveu Henri de France, qui, lui-même, est étroitement lié à Sa Sainteté. Aussi, nous ne saurions nous dissimuler que de nouveaux orages nous menacent.

Une âme plus intrépide que celle du docteur aurait frémi en voyant s'élever à l'horizon un nuage, bien faible encore, mais déjà redoutable. Deux des plus ardents persécuteurs des idées nouvelles occupaient les trônes des plus puissants royaumes, et ils étaient bien décidés, dans leur cœur impie, à imposer l'uniformité de religion à toutes les nations.

— Depuis 1552, nous n'avons pas eu de

guerre en Lombardie, continua Portus ; mais, malgré son grand âge, Paul IV est plein de fougue et d'ardeur, et très-capable de mettre l'Italie en feu.

— Heureusement que le duc Hercule a des goûts paisibles, observa timidement Montalto.

— Oui ; mais il n'osera pas mécontenter son souverain seigneur ; il n'a pas oublié ce que son père Alphonse a souffert de la part de Julien et de Clément. Son amour pour la paix peut le forcer à la guerre, et quel que soit le vainqueur, Philippe ou Paul, nous autres, malheureux luthériens, serons toujours les victimes.

— Dieu est notre refuge et notre force, murmura Francesco ; il ne nous abandonnera pas ; nous ne craindrons point, quand même la terre serait bouleversée.

Mais, tout en parlant ainsi, le cœur du jeune homme se serrait douloureusement.

CHAPITRE XXII.

La tentation.

— Un mot, je vous prie, dit Montalto en posant la main sur l'épaule de Francesco, qui, après le départ de ses amis, se disposait à prendre congé : en même temps le docteur fit un signe à Bianca pour l'engager à s'éloigner.

— Mon père est bien cruel de nous tourmenter ainsi, s'écria la pauvre enfant, qui, assaillie par ses craintes et ses angoisses, alla s'agenouiller dans le petit réduit qui était sa chambre. Sa mère, qui l'y rejoignit un instant après, chercha à la consoler et à la rassurer, lui rappelant que son Père céleste, qui veillait sur elle et sur Altiéri, dirigerait toutes choses pour leur vrai bien.

Pendant ce temps, assis près de la table sur laquelle Montalto continuait à écrire, Francesco considérait avec une vague inquiétude les rides profondes qui sillonnaient son front.

— Vous avez désiré me parler? dit enfin le jeune homme.

— Oui, répondit le docteur en posant sa plume; je désirais vous demander quelles sont vos intentions quant à votre mariage avec ma fille, mariage qui me paraît un rêve impossible lorsque, comme vous, on n'a pas de fortune et de position faite.

— Cela est vrai, interrompit Francesco, tandis qu'une rougeur brûlante vint colorer son front; mais j'espère qu'avec le secours de ma profession...

— Espérance... profession! répéta Montalto; vous n'ignorez pas cependant qu'on ne peut vivre d'espérances.

— Je le sais; aussi mon plus cher désir est-il de travailler et de gagner assez pour Bianca et pour moi.

— Comme proscrit, comme hérétique, n'est-ce pas? c'est-à-dire ayant le monde entier contre soi! J'aurais dû refuser mon consentement, et ne pas céder aux larmes de cette petite fille, continua l'irascible vieillard, du moins jusqu'au jour où les choses auraient changé de face. C'est d'ailleurs sacrifier la pauvre enfant, et je connais un jeune homme qui a pour elle un attachement très-vif...

— Monsieur! interrompit brusquement Francesco, qui se contenait avec peine, si vous avez à me parler, que ce soit de l'avenir et non d'un passé qui ne nous appartient plus. Mon intention était de m'établir dans les Calabres, au milieu de la famille de ma mère; mais aujourd'hui j'ai lieu de croire que Modène m'offrira plus de ressources, le digne professeur Portus m'ayant promis sa protection.

— Ecoutez-moi, jeune homme, reprit le docteur dont la physionomie s'était adoucie, vous êtes jeune et avez du talent; vous pouvez faire votre chemin : pourquoi donc abandonner les chances qui vous sont offertes, et condamner celle que vous aimez à une vie de souffrances et de misère? Il me semble que vous pourriez mettre plus de réserve dans l'expression de vos opinions. Votre vie ne vous appartient pas : elle est liée à la sienne; pourquoi donc l'exposer inutilement? Ne pouvez-vous conserver votre foi sous une apparence plus conforme aux opinions reçues?

Et par amour pour elle, ne devez-vous pas agir avec plus de prudence ?

Quelque résolu que fût Francesco, ces dernières paroles ébranlèrent sa fermeté ; sans répondre un seul mot, il cacha sa tête dans ses mains. Encouragé par cette faiblesse apparente, le tentateur reprit bientôt :

— Dissimulez vos croyances : c'est là tout ce que je vous demande. Ne fais aucune démarche compromettante, jeune homme, si tu veux obtenir, pour elle et pour toi, une vie paisible ; penses-y bien, et tu reconnaîtras que ce que je te dis est dicté par la voix de la raison.

Montalto cessa de parler ; il parcourait la chambre d'un pas lourd et régulier, et paraissait attendre une réponse ; mais avant que Francesco eût relevé la tête, une vision terrible se dressa devant lui : un visage pâle et défait, dont l'expression déchirante faisait mal à voir, laissait échapper ces paroles de désespoir :

« Mon péché est plus grand que la miséricorde de Dieu ! j'ai renié Christ ; je n'ai plus d'espérance. »

— Non, jamais, jamais ! s'écria impétueusement le jeune homme ; rien ne peut ébranler ma foi ! Vous le savez, continua-t-il d'un ton plus respectueux, j'ai été élevé dans la religion réformée; c'est celle de mon cœur, celle qui me dit que mon Seigneur Jésus-Christ, mon Sauveur bien-aimé, a donné sa vie pour moi, et que je dois l'aimer de toute la puissance de mon âme. D'ailleurs, monsieur, permettez-moi de vous le dire, si Bianca était ici, elle, au nom de qui vous me parlez, serait la première à m'exhorter et à me donner du courage; telle que je la connais, elle préférera une humble et modeste demeure au palais le plus somptueux obtenu au prix du parjure.

— Bien, bien! interrompit le docteur avec embarras, Bianca verra ce que c'est qu'une vie de privations et de misère. Grâce à votre obstination à tous trois, ma maison sera bientôt la plus mal famée de tout Ferrare. Les jeunes gens sont si présomptueux, de nos jours!

— J'aime à espérer, monsieur, que je parviendrai à épargner à votre fille les maux que vous redoutez pour elle, et croyez que mon plus cher désir sera de vous complaire en tout ce qui ne touchera pas la fidélité que je dois à mon Sauveur.

CHAPITRE XXIII.

Nouveaux événements dans la ville de Modène.

Un mois plus tard, un nouveau maître de langues anciennes, Francesco Altiéri, avait commencé ses leçons à Modène, et, grâce à la recommandation de Portus, il était parvenu à obtenir plusieurs élèves. S'il eût en premier lieu des obstacles à surmonter, il finit cependant par se créer une position qui lui offrait des espérances pour l'avenir. Au seizième siècle, presque chaque ville importante du nord de l'Italie avait une université; la Renaissance faisait de grands progrès dans la science de la littérature; une véritable constellation de professeurs brillaient à Parme, à Milan, à Pise, à Florence, à Padoue, à Venise et dans bien d'autres villes encore. Le duc Hercule II possédait dans ses domaines deux de ces villes savantes, Modène et Ferrare; mais la première commença à décliner rapidement du moment où le duc chercha à établir dans sa capitale l'uniformité du catholicisme.

On ne saurait le nier, la décadence de toutes les prospérités terrestres est habituellement le résultat de l'oppression et de l'intolérance religieuses; aussi sûrement que la nuit succède au soleil couchant, aussi sûrement le peuple qui est privé de sa liberté de conscience dégénère rapidement.

Ceux qui aiment mieux les ténèbres que la lumière étaient alors possesseurs du pouvoir en Italie, et dans cette même année 1556, tout particulièrement, lorsque Michel-Ange restaurait les fortifications de Rome, dans la crainte du duc d'Albe, l'Inquisition était plus occupée qu'elle ne l'avait jamais été depuis son rétablissement.

Le système d'espionnage faisait son œuvre. Un sentiment de terreur constante oppressait le cœur des infortunés sectaires qui avaient cru trouver la liberté de ce côté des Alpes.

« Un regard, une parole, la possession d'un livre jugé dangereux, d'un Nouveau Tes-

tament dans la langue vulgaire, étaient des
offenses suffisantes pour attirer sur le coupable, sans distinction d'âge, de sexe ou de
rang, de cruels châtiments, l'emprisonnement, la torture, et enfin la mort ! » Tel est
le récit d'un historien digne de foi. C'est
ainsi que se poursuivait avec ardeur la croisade contre Dieu lui-même.

Peut-être cette tyrannie ecclésiastique
existait-elle moins dans les États du duc
Hercule que dans le reste de l'Italie. La Calabre méridionale seule exceptée, grâce à
une convention faite un siècle et demi auparavant, jouissait encore d'une paix parfaite ; aussi toutes les pensées de Francesco
le ramenaient-elles sans cesse vers ce pays
béni, où sa famille maternelle s'était établie
en 1500. Son désir le plus ardent était de
pouvoir y acheter une maison pour y recevoir Bianca. Ce château en Espagne était
bien modeste, et Montalto n'était pas homme
à se contenter, pour ses enfants, d'une félicité aussi obscure ; il ne voulait pas que les
talents de son gendre futur fussent ainsi ensevelis, surtout depuis que les louanges de
Portus et du critique Castelvetro, de Modène, lui avaient fait espérer pour lui un
brillant avenir.

— Tout irait bien, répétait-il sans cesse, si seulement Francesco voulait dissimuler ses malheureuses opinions religieuses.

Pendant quelque temps, ses tendances luthériennes, qui ne pouvaient rester entièrement ignorées, loin de nuire au jeune professeur, lui furent plutôt avantageuses; mais une lutte acharnée avec les prêtres romains était devenue l'état normal des universités, et un décret de l'Inquisition vint bientôt constater que trois mille professeurs avaient embrassé les doctrines réformées : peut-être, hélas! notre pauvre Francesco était-il sur cette liste redoutable!

— Je crains bien qu'un orage ne nous menace, dit un jour Castelvetro à son ami. Les inquisiteurs paraissent très-agités depuis quelques jours; on dirait que de nouveaux ordres sont arrivés du quartier général; le père Canonico me regarde comme pour me dire : « Je vous connais, bon Ludovic; vous êtes un hérétique, et j'aurai soin de ne pas vous laisser échapper. »

— Lorsqu'ils vous persécuteront dans une ville, fuyez dans une autre, murmura Francesco.

— Cela m'a réussi une fois ou deux, dit

un troisième qui était venu se joindre aux deux amis.

Ils s'entretenaient ainsi depuis quelques instants lorsqu'on vint avertir Castelvetro qu'on le demandait; quelques minutes à peine étaient écoulées qu'il reparut tenant un papier dans ses mains. Son visage bouleversé, ses yeux fixes et hagards frappèrent ses amis d'épouvante.

— Que vous est-il arrivé? s'écrièrent-ils en s'élançant vers lui.

— J'ai reçu l'ordre de paraître devant la congrégation de l'Inquisition de Rome, répondit Castelvetro d'une voix étranglée par l'émotion.

— Quand on voit un de ces oiseaux de mauvais augure, on peut être certain qu'un vol tout entier est près, observa Valentin; mais nous devons rester fermes en leur présence et nous souvenir de ces paroles du Sauveur : « Vous serez bien heureux quand on vous aura injuriés et persécutés, et quand, à cause de moi, on aura dit faussement contre vous toute sorte de mal. »

— Oui, ajouta son frère Boniface, prévôt de la cathédrale; tenons fermes, et jurons de braver la mort plutôt que d'abandonner la bonne cause.

Hélas ! deux ans n'étaient pas écoulés que, sous les voûtes sombres de l'Inquisition, ce fier disciple apprenait à connaître sa faiblesse; car dans l'église de Minerve, à Rome, puis à Modène, ce même Boniface faisait une solennelle et publique rétractation de toutes les doctrines pour lesquelles il avait juré de mourir! Peu de temps après, la petite colonie se trouva dispersée; quelques-uns des professeurs, furent arrêtés et envoyés à Rome; Castelvetro et Philippe Valentino prirent la fuite. Ce fut le coup de mort de la Réformation à Modène.

CHAPITRE XXIV.

Une conspiration.

L'Université tout entière s'effraya de ce nouveau coup que la redoutable Inquisition venait de frapper ; la plus grande partie des étudiants quittèrent Modène. Aussi Francesco se vit-il bientôt sans élèves et sans leçons : la science est une plante délicate qui languit et meurt au souffle de l'orage.

Tout était donc plus sombre que jamais, Montalto, mécontent et morose ; et lorsque revenu à Ferrare, notre jeune ami fut parvenu à trouver quelques leçons, plus d'une fois il aperçut des traces de larmes sur le visage de celle qu'il aimait.

D'ailleurs, le nuage menaçant d'une guerre prochaine paraissait grandir et s'abaisser sur

le pays. Ne pouvant résister plus longtemps aux menaces et aux prières de son
Père spirituel et de son très-peu spirituel
neveu Henri II de France, le duc Hercule se
réunit à eux contre Philippe d'Espagne, et
fut nommé capitaine général de l'armée
(décembre 1556). Le contingent demandé à
Ferrare était de six mille fantassins, sans
compter la cavalerie et les hommes d'armes.
Le pays tout entier fut bientôt occupé de
préparatifs de guerre. Ne pouvant rester
inactif au milieu de cette agitation, Francesco crut devoir s'offrir comme chirurgien
de l'armée ; il espérait, dans cette nouvelle
position, pouvoir rester fidèle à son divin
Maître. Il assista à la grande revue qui pré-
céda les siéges infructueux de Careggio et
de Guastalla, et fut du nombre de ceux
qui restèrent sur la frontière milanaise que
les Espagnols cherchaient à acquérir. Le duc
Hercule, ne pouvant abandonner trop longtemps ses États, laissa à son gendre la gloire
de menacer Rome.

Fatigué de cette vie de camps, si contraire
à ses goûts comme à ses habitudes, Altiéri
ne rêvait que le moment de quitter l'armée ;
la seule joie qui vint adoucir ce temps
d'épreuve fut celle de trouver quelques com-

pagnons d'armes qui avaient reçu l'Evangile
dans leurs cœurs ; car, malgré la persécution,
il n'y avait pas un coin de terre où la religion réformée ne comptât des disciples : depuis les sombres voûtes du Vatican où Michel-
Ange, hérétique en secret, recevait audience
du saint-père, jusque dans la tente du soldat
et la cabane du paysan ; sous la robe de
pourpre, la cuirasse étincelante ou le froc de
laine, partout la bonne nouvelle du salut par
Christ avait pénétré.

Attaché aux troupes réservées pour la
garde de Ferrare, Francesco put enfin quitter l'armée ; il se retrouvait avec bonheur
au milieu de ses amis, lorsqu'une circonstance inattendue vint changer l'état des
choses.

Une conspiration était à cette époque
l'événement le plus ordinaire dans le monde
politique d'Italie : chacun complotait d'une
façon ou d'une autre pour élever ou renver-
ser quelque gouvernement ou dynastie, et la
noblesse, le clergé, parfois même quelques
femmes haut placées se trouvaient mêlées à
ces ténébreuses intrigues.

Nommé capitaine général de la ligue contre Philippe II, le duc Hercule se trouvait
placé comme centre de ralliement entre le fief

espagnol et le Milanais; l'astucieux cardinal Madrucci et le marquis de Pescara, tous deux agents de Philippe en Italie, comprirent bientôt que la cause de leur maître serait bien servie si par un moyen quelconque on parvenait à expulser Hercule et sa famille; mais des personnes d'un rang aussi élevé ne pouvant être nommées dans une affaire de ce genre, sur un signe de leur part, une conspiration fut bientôt tramée dans l'intérieur du palais, de ce château rouge dans la force duquel Renée se confiait entièrement.

Dans une ignorance complète de ce qui se passait autour de lui, le duc se promenait un matin dans les jardins avec l'aimable Eléonore, sa fille cadette, cette Eléonore qui devint l'idole du Tasse et la cause de ses malheurs, lorsqu'un de ses aides de camp vint prévenir Hercule qu'un jeune homme, arrivant de la ville, réclamait la faveur d'une audience.

— Amenez-le ici; c'est sans doute notre envoyé auprès du nonce.

Une vue splendide s'étendait au loin, tandis qu'à quelques pas, au milieu d'une île triangulaire formée par le Pô, s'élevait le palais majestueux. Des créneaux en marbre blanc entouraient le port au-dessus duquel s'étendaient une verte pelouse, des fontaines, des bosquets et des jardins émaillés de fleurs qui servirent plus tard à inspirer le Tasse dans sa description des jardins d'Armide. Tout occupé d'une seule pensée et marchant d'un pas rapide, le nouveau venu s'avança vers le prince, qui, le reconnaissant aussitôt, l'entraîna vers un bosquet dont le feuillage touffu formait un abri impénétrable. Ce qu'il entendit, on l'ignore; mais lorsqu'il vint retrouver sa fille, toute sa manière d'être était changée, et plus tard, en recueillant ses souvenirs, Eléonore se rappela lui avoir entendu murmurer à plusieurs reprises le mot de « traîtres. » Quelques instants plus tard, la foule put voir son souverain traverser la place au galop suivi d'un détachement de ses gardes et s'arrêter à la porte d'un couvent. Une minute plus tard il était au chevet d'un lit de l'infirmerie où expirait un vieillard mortellement blessé. Appelé à le soigner, Altiéri avait appris par lui le secret d'une conspiration tramée contre le duc, et celui-ci avait voulu recevoir lui-même les derniers aveux du mourant.

CHAPITRE XXV.

Ordonnances ducales.

Ce fut ainsi que cette conspiration, si habilement tramée au milieu même de Ferrare, fut déjouée avant sa maturité, et que Ferrante de Gonzague avec le cardinal et le marquis, ces hauts personnages qui de Milan faisaient mouvoir les fils de leurs intrigues, apprenant que tout avait manqué, abandonnaient sans remords leurs complices à la colère du souverain.

Pénétrons maintenant dans ce château, déjà connu de nos lecteurs; nous y trouverons le prince lui-même, occupé avec son secrétaire à rédiger une dépêche importante. Le papier qu'il tient dans ses mains est une réponse à la demande faite par le pape à

Hercule de marcher sans retard vers le Midi pour rejoindre le duc de Guise, qui doit s'avancer vers Naples; mais Hercule connaît trop bien la vigilance incessante de ses voisins espagnols pour qu'il se décide ainsi à laisser sans défense sa capitale, même pour une cause aussi sainte que celle de protéger Rome contre l'attaque du duc d'Albe. Il informe donc le saint-père, dans les termes les plus respectueux, qu'il vient d'être en butte à une conspiration ayant pour objet la destruction de toute sa famille; que par conséquent ce grave motif, réuni à beaucoup d'autres, l'oblige à refuser l'éloignement de ses troupes.

— Sa Sainteté oublie qu'il y a dans le monde d'autres intérêts que les siens! s'écria vivement le duc; non content de m'avoir entraîné dans une guerre que je déplore, elle veut maintenant me faire entrer dans une voie qui aurait pour fin ma ruine complète! Ferrare, je ne le sais que trop, malgré ses fortifications, ne pourrait résister plus de vingt-quatre heures, et une fois sous la griffe des Espagnols, le morceau est trop beau pour que rien le leur fît abandonner. Cette guerre n'est déjà que trop lourde pour moi, et la lutte est trop inégale, la retraite devient inévitable. Si du moins je pouvais sortir de là ! J'ai tout à craindre de la vengeance de Philippe. Amis ou ennemis, tous doivent m'être également fatals, murmura-t-il ; et s'approchant de la croisée, il regarda longtemps la statue équestre de Nicolas III de la famille d'Este.

— Le saint-siége ne peut que causer du dommage à ses alliés, et leur amener des ennuis de famille, reprit-il avec tristesse, sa pensée se reportant sans doute sur sa douce compagne ; des persécutions pour mès pauvres sujets, et pour moi peut-être la perte de mon duché...

Et la statue de son ancêtre était toujours là sous ses yeux, immobile et silencieuse, représentant un homme plein d'honneur et de justice, qui lui apparaissait comme un reproche vivant. S'éloignant brusquement de la fenêtre, il agita une petite sonnette d'argent ; aussitôt Francesco fut introduit.

— Eh bien, jeune homme, dit le duc en faisant un pas vers lui, je n'ai pas oublié le service que vous m'avez rendu ; aussi ai-je désiré vous demander ce que je puis faire pour vous.

— Votre Altesse me permettra de lui rappeler que je n'ai fait que mon devoir.

7

— C'est fort bien, mais notre désir est de vous récompenser ; venons donc au fait.

— Si votre Altesse l'exige, je lui demanderai de me permettre de quitter l'armée et d'aller m'établir en Calabre.

— Quitter l'armée ! quitter mon service ! s'écria Hercule en fixant son regard perçant sur celui qui venait de parler. Je pensais, au contraire, que vous seriez plus désireux que jamais de rester auprès de nous. Quel est donc le motif qui vous fait désirer si vivement aller en Calabre ?

Francesco raconta en peu de mots ses projets de mariage.

— Mais ce n'est pas une raison pour quitter Ferrare ; je serai heureux de conserver près de moi un sujet tel que vous.

— Votre Altesse ignore sans doute que je suis luthérien et que je cherche un asile où je puisse servir Dieu selon ma conscience.

— Luthérien, vous !...

Les quelques minutes qui suivirent parurent un siècle au jeune étudiant. Debout devant lui, son souverain considérait d'un œil étincelant celui qui osait avouer ses croyances évangéliques.

— Alors vous avez raison, dit enfin le duc ; mes domaines ne sont pas faits pour des hérétiques ; je vous accorde la récompense que vous désirez ; quittez mon service ; allez dans les Calabres, et voyez si notre frère d'Espagne et de Naples est disposé à faire un meilleur accueil à un protestant.

Il était évident qu'une pensée importune le préoccupait, et que la reconnaissance était en lutte avec ses préjugés. D'une main agitée il froissait une liasse de papiers dont il tourna quelques feuillets.

— Oui, je me souviens maintenant, reprit le duc, je comprends ; votre nom respire l'hérésie : si je ne me trompe, vous avez eu dans votre famille un protestant célèbre.

— Le frère de ma mère, dit Francesco d'une voix ferme, quoiqu'il ne comprît que trop que sa dernière chance de salut allait s'évanouir ; mais en ce moment un officier parut apportant des dépêches de France.

— Ainsi, continua Hercule en brisant le cachet, vous êtes né protestant. C'est une excuse. Mais, que vois-je ?

Et tandis qu'il parcourait les lignes qu'il avait sous les yeux, son teint coloré devint livide.

— C'est encore plus grave que je ne le pensais. Cette dépêche m'apprend qu'une grande bataille a eu lieu à Saint-Quentin :

l'armée française ayant été battue, les troupes qui sont en Italie doivent être rappelées immédiatement, et c'est sur moi que retombera la fureur du duc d'Albe. Quelle calamité !

Dans son agitation, il aurait oublié la présence d'Altiéri, si un geste de son secrétaire ne la lui eût rappelée.

— Que disais-je donc?... Ah ! je me souviens : le docteur de Montalto étant réfugié, par conséquent sans fortune, et vous-même m'ayant rendu un immense service, nous voulons faciliter ce mariage si désiré en accordant cinq cents florins à la jeune fille le jour de ses noces.

L'émotion d'Altiéri fut si vive qu'il put à peine balbutier quelques paroles de reconnaissance à celui qui n'avait que trop de raisons de trembler pour la sûreté de son royaume. En effet, la dépêche informait le duc que dans la bataille de Saint-Quentin, six cents gentilshommes, la fleur de la noblesse française, avaient été faits prisonniers ; le grand maréchal de Montmorency lui-même était resté entre les mains des Espagnols, et le duc de Guise devait être rappelé pour protéger Paris.

S'il en était ainsi, que resterait-il donc pour s'opposer aux forces redoutables de l'Espagne? Une poignée de troupes papales, composées de mercenaires, et les dix mille sujets du duc de Ferrare, contre lesquels étaient liguées les armées des ducs d'Albe, de Gonzague, de Parme et de Florence! Ce n'était donc pas sans motif qu'Hercule appelait une calamité terrible les nouvelles qu'il venait de recevoir.

A l'époque où se place notre récit, les puissances italiennes reposaient sur une base si peu solide, les peuples étaient si peu attachés à leurs princes, que le sceptre était toujours prêt à tomber de leurs mains. Aussi, la première pensée qui vint à l'esprit d'Hercule fut la crainte d'une chute prochaine.

« Je ne saurais me soutenir sans le secours de la France, » répétait-il sans cesse; « enrôler des troupes, suisses ou allemandes serait inutile; mes provinces seraient envahies longtemps avant qu'une arquebuse eût franchi les montagnes. Si seulement Guise avait pris Milan lorsque la ville était pour ainsi dire à sa merci! »

Vainement Hercule chercha du repos cette nuit-là; il revenait sans cesse sur les événements accomplis et n'osait envisager l'avenir; ses yeux, consumés par la fièvre, erraient sur les sombres tapisseries dont les figures venaient se confondre avec celles dont son imagination était obsédée. Hélas! à cette heure, les riches tentures de satin brodé d'or, les rideaux de soie ne pouvaient distraire sa pensée; et le plus humble de ses paysans, couché sur un lit de paille, jouissait d'un repos plus doux que ce prince si envié.

Hercule ne le comprenait que trop : une paix prochaine entre le pape et le roi d'Espagne devenait inévitable; aussi, le moyen d'obtenir les meilleures conditions possibles était-il le sujet de sa constante préoccupation.

Toujours absorbé par les mêmes pensées, le duc traversait l'antichambre de son appartement, le lendemain matin, lorsque, ayant aperçu le docteur de Montalto, il donna l'ordre de l'introduire immédiatement.

— Eh bien, mon ami, s'écria-t-il de ce ton affable et gracieux qui lui était particulier, comment cela va-t-il? J'espère que cette grave affaire du mariage de votre fille est arrangée; peut-être assisterai-je aux noces. Que diriez-vous de cela, Monsieur le docteur?

Montalto frémit; comment oser avouer que la cérémonie devait avoir lieu selon le rite protestant?

— Ah! j'avais oublié, reprit Hercule

étonné de son silence, que le jeune homme
est du nombre de ces hérétiques qui mettent
le monde en feu. Mais votre fille ne partage
pas ses opinions, je suppose, elle, la fille
d'un aussi fervent et zélé catholique!

— Ma fille a malheureusement adopté
quelques-unes de ces nouvelles doctrines,
et...

— Je comprends. Dans ce cas, tout ce que
vous pouvez faire de mieux, c'est de les en-
voyer en Calabre, purifiant ainsi votre maison de ce qui pourrait bien vous aliéner mes
bonnes grâces. La dot promise sera payée
par notre trésorier. Laissez-nous maintenant.

Et sans ajouter un seul mot, le duc alla
se remettre à son travail, tandis que le docteur s'éloignait en s'inclinant jusqu'en terre.
Mais à peine arrivé dans l'antichambre, ses
épaules se redressèrent, et, arrivé chez lui,
son visage avait repris l'expression de sévérité que la pauvre Bianca redoutait si fort.

CHAPITRE XXVI.

Bontés de Renée.

Il n'était que trop vrai : le pape se vit bientôt obligé de conclure la paix avec Philippe d'Espagne. Mais un mois à peine était écoulé que le superstitieux duc d'Albe semblait avoir oublié qu'il était le vainqueur; car, après avoir été jusqu'aux portes de Rome, ayant le Vatican à sa merci, il restituait à Paul IV tout ce que celui-ci avait perdu. Peu de temps après, la ville éternelle fut témoin d'un spectacle étrange. Paul IV était assis sur son trône, revêtu de tous les insignes pontificaux; son regard profond, où brillait le feu de la jeunesse, dissimulait à peine, sous une affabilité apparente, une expression haineuse. Devant lui était agenouillé le vainqueur implorant son pardon avec l'humilité la plus profonde. Cette âme cruelle ne craignait pas de s'abaisser devant son ennemi vaincu, ce pontife octogénaire; le duc d'Albe avoua plus tard, en effet, que le seul visage d'homme devant lequel il eût jamais tremblé était celui de Paul IV.

Mais que devenait le malheureux Hercule pendant que tout ceci se passait? Hélas! il était oublié et devait obtenir par lui-même le pardon du triomphateur. Peut-être aussi, — et c'était là ce que le duc redoutait le plus, — le pape voudrait-il faire du territoire de Ferrare une principauté pour ses neveux, les Caraffa. Ce fut au milieu de tant de guerres et de bruits alarmants que dans l'automne de l'année 1557 se célébra le modeste mariage de nos jeunes amis, et que, sans bruit, sans éclat, mais avec une sainte émotion, ils se lièrent l'un à l'autre pour marcher ensemble et s'aimer ici-bas et dans l'éternité.

Mais bientôt ils durent songer à se séparer. Voulant chercher une demeure pour sa jeune compagne, Francesco devait entreprendre un long et périlleux voyage au milieu d'un pays dévasté par les dernières guerres, et encore occupé par des corps de troupes. Parme, en effet, voulait soutenir encore la lutte. Aussi Bianca supplia-t-elle son mari d'attendre que le danger se fût éloigné et que le brillant prince Alphonse eût repoussé Octave Farnèse.

A la suite d'une victoire, Hercule put enfin respirer ; mais ce qui existait encore de l'armée encombrait les hôpitaux, et médecins et chirurgiens avaient été mis en réquisition par la duchesse.

— Comment ne pas secourir ces infortunés, continua Renée après avoir donné ses ordres à Francesco, ces malheureuses victimes de l'ambition de mon neveu ? Donnez-moi maintenant les dernières nouvelles de Rome ; les réformes annoncées commencent-elles à s'exécuter ?

— Je crains bien que ces réformes ne soient qu'un vain mot, madame, et que nous ne voyions une nouvelle persécution, répondit Francesco. Paul IV n'a déjà que trop manifesté son animosité, en laissant agir le Saint-Office avec une activité croissante ; on dit même que son intention est de faire comparaître les cardinaux Morone et Foschari, dont les idées libérales lui sont suspectes. Si donc les chapeaux rouges ne peuvent échapper, que deviendront les têtes moins puissantes ?

— Votre intention est-elle toujours de nous quitter pour vous établir en Calabre, loin des orages qui menacent le nord de l'Italie ?

— C'est mon désir le plus cher; les ancêtres de ma mère étaient de ce pays, et ils ont su maintenir leurs priviléges religieux pendant près de deux cents ans. J'espère donc qu'il me sera permis de vivre en paix au milieu de ma famille.

— Je croyais avoir entendu dire que les Vaudois établis en Calabre n'avaient pu se préserver de la persécution qu'au prix de beaucoup de concessions, comme d'assister à la messe et de faire baptiser leurs enfants selon le rite catholique.

— Concessions coupables dont, je l'espère, Dieu me préservera ! Mais, très-noble princesse, se hâta d'ajouter le jeune homme d'une voix tremblante, je vous supplie de croire...

— Ne vous excusez pas, Altiéri; votre cri est celui d'une âme honnête; puisse votre foi n'être jamais mise à une aussi rude épreuve que la mienne !

Il y avait tant de douceur dans la manière dont ces quelques mots furent prononcés que, s'il l'avait osé, Francesco aurait

baisé le bas de la robe de sa souveraine.
Celle-ci lui dit adieu, en lui promettant des
lettres de recommandation pour la ville de
Rome.

CHAPITRE XXVII.

La montagne d'Osterie.

Malgré tous les délais apportés au départ de Francesco, le jour de la séparation n'arriva que trop promptement. Après avoir traversé les marais qui entourent Ferrare, et d'immenses plantations de riz et de blé de Turquie, notre voyageur poursuivit sa marche jusqu'à Bologne. Après une nuit de repos, sans se donner le temps de visiter les nombreuses églises remarquables par leurs riches sculptures, il voulut contempler une dernière fois, du haut de la colline, cette ville de Ferrare, si chère à son cœur. Dans le lointain s'étendaient les plaines de la Lombardie, parsemées de villages et de villes, telles que Mantoue et Vérone.

Pénétrant ensuite dans un vrai chaos de ravins et de collines, de vallées et de pics dentelés, le voyageur suivit un sentier bordé de buissons verdoyants et d'oliviers au pâle feuillage; enfin, il arriva, épuisé de fatigue, sur un plateau où s'élevaient quelques maisons de chétive apparence. L'une d'elle servait d'hôtellerie aux voyageurs égarés dans cette contrée sauvage.

Francesco dormait profondément sur son lit de paille, lorsqu'un vacarme effroyable le réveilla brusquement.

— Holà! — Quelqu'un! — Réveille-toi! s'écrièrent plusieurs voix, dont quelques-unes s'exprimaient en allemand. Apportez donc de la lumière et du vin aux défenseurs de Sa Sainteté!

Et la troupe, réunie autour d'une table, se mit à plaisanter et à discourir sur ce qui se passait à Rome, tandis que Francesco restait couché dans la partie la plus obscure de la salle.

— Qu'est-ce que ceci? s'écrièrent-ils tous lorsqu'ils aperçurent l'étranger; si tu es un espion du Saint-Office, ton compte sera vite fait: une corde et un arbre feront ton affaire.

— Que tous fassent silence, interrompit le capitaine; je crois être certain que celui-ci n'est pas un espion. Allez dormir, mes amis, et laissez-moi avec lui.

S'empressant d'obéir, les soldats s'éloignèrent, et Francesco apprit bientôt que son compagnon était un de ces officiers de fortune qui n'ont aucune foi et vendent leur épée au plus offrant.

— Ce n'est pas ce que Rome croit ou ne croit pas, qui est la grande affaire pour nous, ajouta Altiéri après une longue discussion avec l'étranger; croyez-moi, capitaine, la seule chose importante, c'est d'obtenir le pardon de nos péchés et d'avoir dans nos cœurs l'amour du Seigneur.

— Cela va sans dire, reprit celui-ci; toutefois, j'ai peine à comprendre comment il se fait que Luther et Zwingle aient différé en plusieurs points. Si les chefs étaient ainsi en désaccord sur des choses essentielles, qu'en sera-t-il de simples disciples?

— C'est une question secondaire; et je suis assuré qu'à cette heure, où les réformateurs sont tous les deux dans le ciel, ils s'étonnent d'avoir pu différer sur quelques points, puisqu'ils adoraient le même Sauveur. Avant de nous séparer, capitaine, permettez-moi de vous engager à ne pas vous occuper de ces subtilités qui vous font oublier la chose la plus importante, la régénération de votre cœur par la puissance du Saint-Esprit.

— Je vous remercie, docteur, et comme témoignage de ma reconnaissance pour le conseil que vous venez de me donner pour le bien de mon âme, je veux aussi vous en donner un pour le bien de votre corps. Croyez-moi, soyez prudent dans vos paroles ; car maintenant que Philippe et Paul se sont promis d'embrasser la même cause, le résultat de l'union de ces deux étoiles sera une guerre acharnée contre tout ce qui s'oppose à la papauté. Le plus petit hameau comme le village le plus retiré fourmille d'espions, et les hommes disparaissent sans qu'on sache comment. Maintenant, je bois à votre santé et à votre heureux voyage ; soyez prudent, croyez-moi.

CHAPITRE XXVIII.

Les frères de Florence.

Le passage le plus élevé des Apennins toscans n'était pas très-fréquenté à l'époque de notre histoire. Aucun spectacle sublime ne venait s'offrir au regard du voyageur, et pendant plusieurs lieues le sentier n'était coupé par aucune habitation; le seul signe de la présence de l'homme dans ces lieux sauvages était une croix rustique, rappelant peut-être quelque acte de meurtre.

Un vent impétueux soufflait avec violence; par moments, des rafales furieuses paraissaient vouloir tout balayer sur leur passage, et ce ne fut qu'après avoir lutté longtemps, qu'arrivé au détour d'une colline escarpée, Altiéri se trouva à l'abri de la tempête. Du

haut de ce rocher gris et dépouillé, il se
laissa glisser sur une pente de mousse touffue que broutaient des chèvres sauvages ;
de là il atteignit bientôt une plantation de
vignes au pied de laquelle coulait l'Arno.

A la vue de ce fleuve, qui n'était plus celui
que ses yeux avaient contemplé si longtemps, il sembla à Francesco qu'une séparation nouvelle venait de se consommer entre lui
et son pays. Quelques hommes apparaissaient
ici et dans la vallée ; des fleurs de toute espèce répandaient au loin le plus doux parfum ;
un air suave et doux arrivait de la plaine où
s'élevaient en épais buissons le noisetier, le
mûrier et l'olivier. Heureuse et belle terre
que cette Toscane où le vin et l'huile, cou-
lant en abondance, assurent à ses habitants
une existence facile !

Levé avec l'aurore, le lendemain matin,
Altiéri admira de la colline la vue splendide
qui s'étendait à ses pieds ; Florence, la belle
et riante Florence, lui apparut dans toute sa
gloire. Au-dessus de ses nombreux édifices
s'élevait le vaste dôme de la cathédrale dont
la silhouette majestueuse se dessinait sur le
ciel bleu. Le regard du voyageur vint se
fixer sur la rivière dont les eaux argentées
brillaient aux rayons du soleil, puis sur le

Campanile de marbre aux nuances variées, s'élevant au milieu de nombreux palais. A perte de vue, de vastes prairies d'un vert d'émeraude entouraient de blanches villas et de riantes chaumières. Ce ne fut qu'après avoir longtemps contemplé ce beau spectacle que notre voyageur se remit en marche, et, une heure plus tard, il se trouvait sur un des nombreux ponts qui traversent l'Arno, et sur lequel s'élevaient, dans toute sa longueur, des magasins de toute espèce.

Le bâton à la main et le sac sur le dos, Francesco s'avança vers une maison de modeste apparence dont le rez-de-chaussée était occupé par une boutique de bijouterie. Le marchand, vieillard à barbe grise, était occupé à discuter avec un chaland le prix de quelque objet. En attendant qu'il fût libre, Francesco se mit à examiner les bijoux étalés devant lui, tandis qu'un jeune garçon ne le perdait pas de vue, suivant avec inquiétude tous ses mouvements.

— Je voudrais savoir le prix de ces boucles d'oreilles, dit-il lorsque, s'approchant de lui, le marchand demanda ce qu'il désirait ; puis, se penchant à son oreille, il murmura quelques mots.

— Elles sont d'un prix très-élevé, s'em-

pressa de répondre celui-ci. Stéphano,
hâte-toi de porter cette cassette à la marquise Pamfili, afin qu'elle choisisse la bague
qu'elle désire.

— Ne connaissez-vous pas monseigneur
Carnesechi? demanda Francesco dès que l'enfant se fut éloigné. Il m'a souvent parlé de
vous.

— Je le connaissais autrefois... Mais regardez ce bijou, monsieur; je vous le laisserai
à un prix raisonnable.

— Et Piétro Vermegli? Il doit avoir logé
sous votre toit.

A ces mots l'anxiété la plus vive se peignit sur les traits de l'honnête marchand.

— Avant leur hérésie, j'aurais pu avouer
connaître ceux dont vous parlez, dit-il enfin
d'une voix tremblante.

— Allons, allons! s'écria Francesco; encore un peu, et tu renieras ton Maître.
Permets-moi de m'asseoir un instant, et je
te convaincrai bientôt que je ne suis pas
un espion, mais un honnête homme dont tu
n'as rien à craindre.

Et tirant de sa poche quelques papiers, il
eut promptement persuadé l'incrédule; mais
ce ne fut que lorsque, la nuit venue, les
boutiques se fermèrent, que le joaillier et

son visiteur purent s'entretenir en liberté. Le marchand conduisit Francesco dans sa modeste demeure, dont la vue s'étendait sur l'Arno, et ce fut là que les nouveaux amis, attirés l'un près de l'autre par la même foi en Christ, purent se communiquer leurs pensées, leurs espérances et leurs craintes.

— Je suis obligé d'observer une grande prudence, comme vous avez pu le remarquer, dit le vieillard ; car je suis entouré d'espions, et un honnête homme ne sait plus où marcher pour ne pas tomber dans un piége?

— Êtes-vous nombreux ici?

— Non ; mais je ne puis nommer personne, car les murailles ont des oreilles.

— Quoi! même ici! trois étages au-dessus de la rivière! Je pensais que perchés si haut nous ne pouvions redouter les indiscrets.

— Une extrême prudence est nécessaire, croyez-moi. Florence n'a jamais eu beaucoup de goût pour les doctrines réformées; elle a eu ses bons moments, il est vrai, à l'époque où Savonarole prêchait ici; mais ces jours sont déjà bien loin de nous.

— Vous avez cependant quelques noms célèbres, tels que Carnesechi et Pierre le Martyr.

— Oui, notre ville n'a pas manqué de soutiens de la vérité ; mais aujourd'hui elle renferme un très-petit nombre de réformés. Voici mon trésor, continua le vieillard après être allé chercher deux gros volumes, trésor qui suffirait pour me faire brûler vif si le Saint-Office venait à le découvrir. Je prie Dieu qu'il n'en soit pas ainsi, car je craindrais de succomber dans la lutte ; je ne connais que trop ma faiblesse. Aussi m'avez-vous déchiré le cœur lorsque vous vous êtes écrié ce matin : « Encore un peu, et tu renieras ton Maître ! » Oui, je ne le sais que trop, je n'ai pas la grâce du martyr.

— Si notre divin Maître trouve bon de vous éprouver, il vous donnera la force nécessaire, répondit Altiéri avec douceur.

Et il raconta à son hôte tout ce qu'il avait souffert à Locarno, et comment sa douleur, quoique terrible, n'avait pas été au-dessus de ses forces.

— Et j'ai pu me méfier de toi, mon frère ! s'écria le marchand avec des larmes dans les yeux. Oh ! laisse-moi te serrer la main, à toi, noble confesseur de la foi ; tu es une de ces âmes d'élite qui confondent le monde et qui sera couronnée de gloire au jour de la résurrection ! Ces deux volumes, continua-t-il, sont une traduction de Théophile; c'est le Nouveau Testament publié à Lyon en 1551, écrit avec une pureté très-remarquable. Je ne donnerais pas cette vieille Bible d'Antonio Bruccioli pour toutes les versions nouvelles; c'est elle qui m'a amené à la connaissance de la vérité; et cependant je ne suis encore qu'un faible enfant en Christ, quoique en voyant mes cheveux gris on pût me croire maître en Israël. Je tremble et je frémis à la seule pensée de la persécution; mais Celui qui regarda Pierre avec tant de bonté ne me repoussera pas : c'est ma foi et mon espérance.

— Dieu ne nous dit-il pas aussi que ceux qui croient en lui sont rendus parfaits par la miséricorde de Christ?

— Oui, c'est ainsi que parle Paléario dans son ouvrage sur le bienfait de la mort de Christ. Ce livre si consolant a été pour moi d'un immense secours dans mes jours de doute et de découragement. Voici comment il s'exprime :

« Dieu a déjà puni et châtié tous nos pé-
» chés dans son Fils bien-aimé, et par con-
» séquent il offre le pardon à tout homme qui
» croit à l'Evangile. »

— Quelle miséricorde infinie! s'écria Francesco ; ces paroles sont l'essence divine de l'Evangile ; quelle serait notre douleur à tous si Rome saisissait leur auteur dans ses griffes redoutables ! Milan me paraît une résidence dangereuse pour un réformé aussi éminent que Paléario ; ne serait-il pas plus sage de mettre les Alpes ou l'Océan entre lui et le Saint-Office ?

Douze ans plus tard, le 3 juillet 1570, ce même Paléario mourait martyr à Rome.

CHAPITRE XXIX.

Savonarole.

Désirant accompagner Francesco jusqu'à
une certaine distance, le joaillier se décida
à laisser sa boutique aux soins de Stéphano.
Le soleil éclairait déjà le sommet des montagnes et les palais de marbre de Florence
la Belle, lorsqu'ils arrivèrent sur la place
des Lions. Fier de sa patrie, le vieillard
cherchait à faire admirer à son compagnon
ses beautés les plus remarquables, celle du
Dôme tout particulièrement, dont l'architecture a été si souvent décrite comme une
montagne de marbre et de mosaïques, et en
face duquel le Dante venait si souvent s'asseoir sur la pierre qui porte son nom. Plus
loin s'élevait le Campanile du Giotto. dont la

8

tour élancée et gracieuse ressemble à un lis du paradis.

Mais il était un autre lieu mille fois plus sacré que ceux-ci, une place bénie aux yeux des protestants : celle où avait souffert le premier martyr de l'Italie, après avoir rempli sa mission comme réformateur.

— J'ai soixante-sept ans, reprit le marchand en passant la main dans sa barbe argentée, et cependant je me souviens, comme si c'était hier, de quelques incidents de cette scène douloureuse. Je tenais étroitement serrée la main de mon père qui pleurait ; le vent soufflait avec un telle violence, que la flamme et la fumée, chassées de côté, ne pouvaient atteindre le corps de Savonarole, tandis que l'un de ses bras restait étendu comme s'il voulait bénir le peuple. Je crois voir encore le martyr gravissant l'échelle et jetant un regard calme et digne sur la multitude, tandis que ses lèvres répétaient à voix basse le Symbole des apôtres.

— N'est-ce pas ici même qu'était le bûcher ?

— Oui, là-bas, près du Lion-d'Or, en face de cette rue qui conduit à Sainte-Cécile. J'ai même un vague souvenir de l'énorme pile de fagots et de broussailles, dans la-

quelle on avait jeté de l'huile et de la poix.
Je n'avais que sept ans ; mais cet affreux
souvenir me suivra jusqu'à mon dernier
jour !... Mais quelqu'un nous écoute ; fuyons ;
c'est un lieu dangereux.

Jetant un regard autour de lui, Francesco
chercha à rassurer le faible vieillard qui ne
cessait de répéter :

— Vous ne les connaissez pas ; rien ne
leur échappe ; l'Italie est infestée d'espions.

Et marchant toujours sans regarder derrière lui, il ne s'arrêta que lorsqu'ils se furent éloignés de la place.

— Je me souviens aussi du moment où
tout ceci a été fait, continua-t-il en indiquant
du doigt la façade d'un palais, sur laquelle
étaient sculptés les neuf écussons des gou-
vernements qui avaient régi tour à tour Florence ; entre les armoiries du duc d'Athè-
nes et celles de la République était gravé le
monogramme du Rédempteur du monde,
rappelant le fait que dans l'année 1528 le
grand conseil de Florence avait élu comme
souverain de la ville le Seigneur Jésus-Christ.

— « Mon royaume n'est pas de ce monde, »
murmura Francesco.

CHAPITRE XXX.

Ludovic Paschali.

Un grand nombre de plumes plus habiles que la nôtre ont cherché à dépeindre l'aspect sauvage et désolé de la campagne de Rome, dans laquelle Francesco venait de pénétrer. Un silence absolu et une solitude que rien ne venait interrompre régnaient dans ces vastes plaines.

Dans les temps anciens, la République romaine et l'Empire tiraient de riches produits de cette terre féconde; mais des siècles d'inertie et d'asservissement au joug papal avaient réduit la population à quelques paysans dispersés, dont les misérables chaumières étaient les seules habitations que le voyageur aperçût au loin. Au bord de la route s'élevaient, ici et là, de petits autels devant lesquels venait s'incliner le passant. Aussi quelle ne fut pas la surprise de Francesco, lorsqu'il remarqua deux voyageurs qui passèrent devant un autel sans s'arrêter !

— Bonjour, amis, dit-il après les avoir rejoints ; si vos motifs pour ne pas vous prosterner sont les mêmes que les miens, nous devons être frères en Christ.

— Oui, nous sommes luthériens, et vous l'êtes aussi sans doute ; l'Evangile est notre seule règle, notre seule espérance de salut.

— Je vous salue donc de grand cœur comme frères en la foi, s'écria Francesco avec émotion ; je viens de Ferrare, et voici mes lettres de crédit.

— Mon frère Négrino que voici, est, ainsi que moi, pasteur d'une Eglise réformée, reprit Paschali, et nous sommes envoyés en mission dans le sud de l'Italie.

— En Calabre, peut-être ?

— Justement ; l'Eglise italienne, à Genève, nous envoie visiter des frères qui, à quelques égards, se sont éloignés de la vérité.

— Mais nous ne devons pas oublier, observa timidement Négrino, qu'ils ont été cruellement éprouvés par la tentation.

— Quelle que soit la tentation, rien ne peut ni ne doit nous faire renier notre foi, et nous entraîner dans une obéissance coupable aux pratiques superstitieuses de Rome. Tous ont commis une faute impardonnable en prenant l'Eucharistie dans les églises et en faisant baptiser leurs enfants par des prêtres, tandis que dans leur cœur ils désavouaient les doctrines romaines.

— Je suis affligé d'apprendre tout cela, reprit Altiéri, car mon intention était de m'établir au milieu de ces colonies vaudoises auxquelles me rattachent des liens de famille, et où j'espérais jouir de la liberté de conscience. Mais peut-être y a-t-il quelques-unes de ces colonies plus courageuses que d'autres.

— Elles s'étaient établies dans ce pays sous la foi d'un traité signé par les seigneurs, reprit Négrino, traité qui leur garantissait une entière liberté religieuse et civile, et qui fut ratifié par Ferdinand d'Aragon, roi de Naples, dans l'année 1500. Ils avaient donc toute raison d'espérer que leur liberté était assurée ; mais, hélas ! la théorie est plus aisée que la pratique, et bien peu de temps s'était écoulé que déjà des difficultés naissaient de toutes parts. De là cet état de choses que Paschali vient de vous dépeindre.

— Mais à cette heure où le monde chrétien s'élève comme un seul homme contre l'Antechrist, interrompit vivement son compagnon, devraient-ils dormir de ce sommeil charnel de la sécurité et ne pas ajouter leurs voix à la protestation universelle? Est-ce au moment où cette péninsule est bouleversée que la Calabre, qui possède depuis longtemps la lumière de l'Evangile, doit lâchement se dérober aux regards au lieu de proclamer hautement la vérité?

— Cher frère, reprit avec douceur son ami, oublies-tu donc que tu es maintenant candidat de la noble armée des martyrs, et en déposant ton épée n'aurais-tu pas dû renoncer à l'esprit guerrier? Mais le jour baisse, le soleil va disparaître; nous ferons bien de nous hâter, si nous voulons arriver ce soir à Rome.

Ils pressèrent le pas, et bientôt s'élevèrent devant eux les tours et les clochers de la ville éternelle, surmontés de l'admirable coupole de Saint-Pierre, qui n'était pas encore achevée.

— Voilà donc la grande Babylone! murmura Paschali; Babylone teinte du sang des martyrs! As-tu entendu parler de Godefroid

Véraglia, le prédicateur capucin qui a payé de son sang sa conversion ? Il a été condamné à Turin, il y a un mois à peine.

— Quoi ! celui qui prêchait avec tant de véhémence contre les réformés ?

— Lui-même ; c'est au moment où il discutait le plus vivement avec nos pasteurs que Dieu lui a fait la grâce de recevoir le salut, et le frère Bernardin Ochino, général de son ordre, ayant lui aussi reçu la lumière, tous deux travaillèrent à publier la bonne nouvelle jusqu'au moment où ce dernier fut obligé de fuir afin d'éviter le courroux de Rome. Moins heureux, Véraglia fut arrêté et gardé cinq ans prisonnier ; après cela il passa en France et se retira à Genève, où son cœur l'attirait déjà : ce ne fut que plus tard que l'Inquisition parvint à le saisir.

Paschali marchait d'un pas si rapide qu'il devança bientôt Négrino qui, plus âgé et moins ardent, se trouva bientôt assez en arrière avec Francesco.

— Paschali a donc été dans l'armée ? demanda celui-ci.

— Oui, pendant quelques années ; mais appelé par sa conscience à une mission plus élevée, il voulut dévouer sa vie au service de son Sauveur. Il venait de terminer ses études à Lausanne, lorsque les habitants de la Calabre, ayant demandé un pasteur, il fut choisi pour remplir cette dangereuse mission ; n'écoutant que la voix du devoir, il dit adieu à sa fiancée Camille Guarina. Jamais il n'y eut de plus noble cœur ; toujours prêt à sacrifier sa vie à son divin Maître, ce monde n'est rien pour lui.

L'intérêt que Francesco avait ressenti dès l'abord pour ses nouveaux amis fut encore augmenté par ce récit, qu'il ne put entendre sans émotion ; il se sentait plein de respect pour ce cœur élevé qui sacrifiait ce qu'il avait de plus cher au monde à son amour pour son Sauveur, en allant porter la bannière de la vérité dans un pays où l'air qu'on respire pouvait coûter la vie. Et cette jeune fille, cette Camille Guarina, dont le sacrifice est égal au sien, ne doit pas être oubliée parmi ces courageuses femmes qui se sont dévouées à la cause de la Réformation en Italie. Elle ne revit jamais ici-bas celui qu'elle aimait...

CHAPITRE XXXI.

Rome en l'année 1558.

Nos voyageurs poursuivaient leur route,
ayant devant eux la coupole aux contours
grandioses. Artiste infatigable, Michel-Ange
travaillait encore à la colonnade, aux piliers
et aux voûtes de Saint-Pierre, imprimant jusque dans les détails les plus minutieux le
sceau de son génie. L'édifice s'élevait si lentement qu'il ne parvint à son entière magni-
ficence qu'après plus d'un siècle de travail.

— Babylone maudite! murmura Paschali,
sans même jeter un regard sur les beautés
dont il était entouré, ni sur cette immense
forteresse Saint-Ange, dont les créneaux
s'élevaient menaçants devant lui. Cet ardent
disciple de Christ ne prévoyait pas alors

ce qui se passerait, deux ans plus tard, dans l'enceinte de ces mêmes murailles, lorsqu'il serait appelé à comparaître devant le pape et ses cardinaux. Quel spectacle pour les anges comme pour les hommes ! Mais grâce à une miséricorde infinie, l'avenir nous est caché, et la prévision de ce qui lui était réservé ne devait pas distraire Paschali dans l'accomplissement de son devoir. Une foule immense était réunie devant l'une des églises de la grande cité ; on y remarquait ce curieux mélange, qui ne se voit qu'à Rome, de costumes ecclésiastiques, de capuchons et de robes appartenant à tous les ordres réguliers, costumes qui accordent à ceux qui les portent le privilége d'une oisiveté salariée.

— Dites-moi, je vous prie, ce que tout ceci signifie, demanda Francesco à son voisin, qui, à en juger par son capuchon et son rochet, devait être un capucin.

— Le saint-père va se montrer à son peuple ; si vous désirez jouir du spectacle, montez ici sur ce banc.

La foule parlait, discutait en toute liberté ; de temps à autre des applaudissements retentissaient au loin. Cependant, ces loquaces ·Romains ne faisaient pas toujours l'éloge de leur père spirituel.

— As-tu remarqué, disait l'un d'eux à son voisin, as-tu remarqué le regard courroucé que le pape a jeté sur son neveu Caraffa lorsque celui-ci s'est approché? Il commence à s'apercevoir sans doute de son hypocrisie; il en était temps.

— Oui; on raconte que dernièrement, lorsque le cardinal était malade, le saint-père, ayant été le voir, le trouva en très-mauvaise société.

— Et ce sont là les princes qui règnent sur toi, pauvre Rome! murmura Paschali.

— Seriez-vous indisposé? lui demanda le moine en fixant sur lui un regard perçant.

— Pas le moins du monde; mais comment ne pas gémir sur le péché lorsqu'il règne parmi ceux qui devraient donner l'exemple de toutes les vertus?

— L'humanité est partout la même; si vous n'étiez pas étranger, tout ce que vous voyez et entendez vous surprendrait moins, et vous imposeriez silence à vos gémissements.

— Mais comment se fait-il que le pape tolère près de lui cet indigne Caraffa?

— Chut! parlez plus bas; ce sont de ces choses que personne n'ignore, mais qu'on ose à peine formuler. Caraffa est son neveu,

et assez habile pour feindre un profond repentir de ses fautes passées. Notre saint-
père étant l'homme le plus sincère qu'il y ait
au monde, ne saurait le soupçonner de fausseté : aussi lui a-t-il accordé le chapeau de
cardinal, qu'il désirait avec ardeur, et pour
justifier la réputation de capacité que son
oncle n'a cessé de lui faire, Caraffa s'est jeté
tête baissée dans la guerre avec les Colonna
qu'il a pillés sans remords.

— Comment une Eglise peut-elle être gou-
vernée lorsque ses princes manient l'épée?

— L'Eglise! elle se gouverne elle-même;
ne vous souvenez-vous donc pas de la promesse faite à saint Pierre : « Les portes de
l'enfer ne prévaudront point contre elle? »
Jamais il n'y eût de pape plus zélé que
Paul IV ; jamais le Saint-Office n'a été
aussi occupé et l'hérésie aussi vivement
combattue; personne ne saurait échapper,
depuis la position la plus élevée jusqu'à
la plus humble. La pourpre de cardinal
ne serait même pas une protection suffi-
sante, et dans quelques années, si Sa Sainteté persiste dans ce système de rigueur, il
ne restera pas un seul hérétique au milieu
de nous. Tout ce que je désire c'est qu'il ob-
tienne cet heureux résultat de l'autre côté

des Alpes; car, voyez-vous, je ne puis souffrir ces luthériens, qui ne demandent qu'à
prendre la suprématie sur nous : si cela arrivait, je ne sais ce que nous deviendrions :
il ne nous resterait qu'à fermer nos églises.

Le moine parlait encore lorsque des chants
éloignés se firent entendre, et une forte
odeur d'encens se répandit autour d'eux. Au
même instant Paul IV parut, porté dans un
fauteuil surmonté d'un dais couvert d'or et
d'argent. La main osseuse du vieillard s'agitait sans cesse en signe de bénédiction; ses
lèvres murmuraient quelques paroles, mais
pas le plus faible sourire ne vint éclairer ce
visage amaigri, ni adoucir l'expression sévère
de son regard. En le voyant ainsi morne et
impassible, il était difficile de ne pas comprendre que si Paul IV avait cherché à rendre son peuple heureux, il n'avait gardé pour
lui qu'une bien petite part de bonheur et de
paix.

Contrarié dans ses projets d'ambition,
trompé par ses artificieux neveux, vaincu
dans toutes les guerres qu'il avait entreprises,
Paul ne restait victorieux que dans celle faite
aux hérétiques : là seulement son caractère
haineux trouvait à se venger. Non, jamais
l'œuvre de la Réformation en Italie ne fut

combattue avec plus de violence que par celui qui, dans sa jeunesse, s'était trouvé sur
les bancs de l'oratoire de l'Amour divin, à
côté de Sardolet, de Contarini et de bien
d'autres encore, tous dévoués de cœur et
d'âme à la cause de l'Evangile.

CHAPITRE XXXII.

Génie et Foi.

Dans un atelier de sculpture, un homme d'un âge très-avancé paraissait sérieusement occupé ; sa main, ferme encore, détache avec un ciseau quelques parcelles d'un bloc de marbre ; trois figures sont déjà très-distinctes, tandis que l'artiste travaille à une quatrième du même groupe. Un Christ sur la croix, portant sur ses traits l'empreinte de la mort, en est le principal personnage (une copie de ce chef-d'œuve se voit aujourd'hui dans la cathédrale de Florence). Dans ce moment, le vieillard est occupé à ébaucher les traits de Nicodème. Ses coups sont si prompts et si vifs, que le spectateur frémit à la pensée que ce travail pourrait être endommagé, mais l'ardent ouvrier ne voit dans ce marbre informe que la réalisation de sa pensée, et il est pressé de détruire la matière inerte qui la recouvre. Arrivé sur le seuil de la porte qui vient de s'ouvrir, Francesco s'arrête; il contemple avec respect cet homme de quatre-vingt-dix ans qui, absorbé par son ouvrage, ne s'aperçoit même pas de sa présence jusqu'à ce qu'enfin son domestique Antonio vient lui apprendre l'arrivée du messager de la duchesse de Ferrare.

A ce nom, le regard perçant du vieillard se fixe sur le nouveau venu qui, s'inclinant devant le plus grand artiste du siècle, lui présente la lettre de Son Altesse, et tandis que celui-ci la parcourt avec attention, Francesco contemple avec admiration ce sanctuaire de l'art. Un modèle de la coupole de saint Pierre est sur une table; des plans de la basilique sont étalés ici et là; plusieurs statuettes occupent d'autres meubles; tout enfin témoigne de l'activité incessante du génie qui, bien souvent ne prend pas le temps de développer sa pensée, impatient qu'il est d'exécuter quelque autre projet qui vient de surgir dans son cerveau : de là ces nombreuses œuvres ébauchées qui viennent attester sa fécondité sans exemple,

— Vous admirez, n'est-ce pas, monsieur ? dit Antonio à voix basse. Regardez ce beau travail, que mon maître m'a donné ; il l'avait commencé pour son tombeau, mais pressé de le terminer, dans un moment d'impatience, il a mutilé un morceau de l'épaule de la Madone, et je crois vraiment qu'il aurait brisé tout le groupe si je ne l'avais supplié de me le donner tel qu'il était. Voici le même sujet, mais plus petit. Mon maître s'amuse encore à sculpter, comme vous voyez ; mais il ne peut plus travailler longtemps : la vieillesse arrive à grands pas.

Et tout en parlant ainsi le bavard mais fidèle serviteur jeta un regard sur celui dont il était si fier.

— Et ceci ? demanda Francesco en voyant Michel-Ange toujours absorbé par sa lecture.

— C'est un modèle du fameux torse du Belvédère : Hercule se reposant de ses travaux ; ne le voyez-vous pas ? Mon maître s'amuse à des bagatelles maintenant qu'il n'a plus le cœur ni la force d'entreprendre de grandes œuvres, surtout depuis la mort d'Urbino, mon prédécesseur.

Ayant enfin terminé sa lecture, Michel-Ange passa dans une chambre voisine et revint bientôt avec un grand carton représentant

l'ébauche d'un buste de moyenne grandeur.
C'était une tête de femme, vrai type de bèauté
romaine, avec des cheveux d'un blond doré
retombant en tresses épaisses.

— Regardez, s'écria le vieillard; avez-vous
jamais vu un visage comme celui-ci ?

— Jamais, répondit Francesco, qui ne pouvait se lasser de contempler cette beauté in-
comparable.

— Son Altesse m'exprime le désir d'avoir
un portrait de l'illustre marquise de Pescara,
mieux connue peut-être sous le nom de la divine Victoria Colonna; je ne possède que
cette esquisse, mais j'essaierai d'en faire un
portrait digne du sujet et de la personne à
qui il est destiné. Vous ne repartez pas immédiatement pour Ferrare ?

— Non, je me rends à Naples.

— Vous n'êtes pas un simple courrier, continua le vieillard, lorsque, sur un ordre de son
maître, Antonio se fut éloigné. Votre extérieur et votre manière d'être ne peuvent me
laisser de doute à cet égard. Cette lettre me
dit plus encore; mais nous sommes à Rome,
et ne pouvons parler librement; toutefois je
vous dirai que vous voyez en Michel-Ange un
frère dans la foi qui fera pour vous tout ce
qui sera en son pouvoir.

Saisissant la main de l'artiste, Francesco la baisa avec émotion :

— Combien je vous remercie! s'écria-t-il.

— Oui, reprit Michel-Ange, en jetant un long regard sur le portrait de son illustre amie; c'est elle qui m'a amené à la connaissance de la vérité et qui m'a appris le chemin du salut. Elle devint mon guide spirituel et parvint à détruire tous mes doutes comme toutes mes craintes par la foi en Christ. Comment ne lui conserverais-je pas la plus vive, la plus profonde reconnaissance? elle m'a aidé à naître de nouveau pour l'éternité.

— Belle comme son âme! continua-t-il après avoir longtemps contemplé ses traits si purs. Jamais une aussi belle tête ne renferma un esprit plus élevé. Bernardin Ochino fut celui qui le premier lui annonça la vérité, lorsque son cœur désolé pleurait la mort de Pescara, et qu'aucune consolation terrestre ne pouvait arriver jusqu'à elle. Les paroles du prédicateur de l'Evangile furent comme un baume venu du ciel; il se mit à lire avec elle les saintes Ecritures, cherchant à lui faire comprendre que la foi en Christ peut seule sauver le pécheur. Oui, c'est bien là la bonne nouvelle. Quant à moi, pendant soixante-trois ans, mon âme a été ballottée par le doute avant que j'eusse le bonheur de recevoir cette glorieuse connaissance du salut et d'entrer dans le port de l'éternelle paix.

Michel-Ange parlait encore lorsqu'un jeune homme en costume de cour entra dans l'atelier. Il salua l'artiste avec la familiarité d'un ami.

— Ah! c'est toi, George? Eh bien, as-tu réussi à rectifier l'erreur commise dans la chapelle du roi de France à Saint-Pierre? Je ne puis concevoir comment ce misérable ouvrier a pu se tromper ainsi; mon modèle devait lui servir de guide; regarde ici.

Et il se mit à expliquer, à commenter les fautes avec l'énergie et la lucidité d'un homme de cinquante ans.

— Je ne l'ignore pas, reprit-il; quelques personnes ont osé dire que Michel-Ange était tombé en enfance; mais je saurai leur montrer qu'il n'en est rien. Voyez, jeune homme, continua le digne vieillard en s'adressant à Francesco; ils prétendent que je radote; voyez plutôt.

Et, le prenant par la main, il l'entraîna devant le modèle de la coupole inachevée qui avait attiré l'attention des voyageurs.

— Voyez, tout ceci a été exécuté par cette main. Ne croyez-vous pas que ce travail suffise pour prouver que mes facultés ne sont pas encore éteintes?

— Cela me semble parfait, mais je ne suis pas artiste.

— Vasari, reprit aussitôt Michel-Ange, as-tu sur toi le dernier sonnet que je t'ai envoyé? Peut-être cet étranger sera-t-il meilleur juge en poésie qu'en sculpture.

S'empressant d'obéir, Vasari se mit à lire ces belles pages bien connues, dans lesquelles l'artiste célèbre, devenu poëte, dit adieu à son art et à son imagination, à son idole et à son maître.

— Pétrarque n'a jamais mieux dit, s'écria Francesco.

— Jeune homme, jeune homme, ne soyez pas si enthousiaste. Surtout croyez bien que pas un de mes ouvrages, que le monde veut bien appeler des œuvres de génie, ni ma renommée, qui est grande, je le sais, ni mes amis qui me sont chers, ne sont rien pour moi en comparaison de Celui qui est mort sur la croix et a sauvé mon âme. Avant que j'eusse le bonheur de connaître la plénitude du pardon par Christ, je ne pensais pas que l'amour divin, quelque immense qu'il pût être, effaçât mes péchés; mais aujourd'hui je sais que sa miséricorde est toute-puissante pour nous sauver et nous laver de toute souillure.

Pénétré d'admiration pour ce grand artiste et fidèle chrétien, Francesco prit enfin congé : sa mission était remplie; il pouvait continuer son voyage.

CHAPITRE XXXIII.

Naples.

Ce ne fut qu'après plusieurs jours de marche et de fatigue que Francesco et ses amis arrivèrent à Naples, cette capitale de l'Italie méridionale, à laquelle Dieu a accordé un si riche douaire de beauté, que ses habitants répètent avec orgueil ce proverbe : « Voir Naples et mourir. »

Ses palais splendides ne pouvant offrir un asile aux voyageurs, Négrino, qui avait déjà parcouru ce pays comme pasteur itinérant, se chargea de conduire ses compagnons chez quelques frères en la foi qui, quoique pauvres, seraient heureux de les recevoir. Arrivé à une petite distance de la ville où étaient alignées quelques maisonnettes abritées par le rocher, il s'arrêta devant celle d'une marchande de fruits.

La vieille femme, occupée à arranger une corbeille d'oranges garnie de feuilles vertes d'une fraîcheur éblouissante, ne s'aperçut de l'arrivée des étrangers que lorsque Négrino posa sa main sur ses doigts amaigris avec la familiarité d'une ancienne connaissance.

— Est-il possible que ce soit vous? s'écria-t-elle. Entrez chez moi; la maison de Clarisse vous est ouverte, à vous et à vos amis; vous y serez en parfaite sûreté. — Voici, reprit-elle après les avoir conduits dans une pièce située au-dessus de la boutique, la chambre dans laquelle Valdez a bien souvent annoncé l'Evangile; c'est ici que j'ai appris la vérité qui est devenue une part de mon âme. Des réunions journalières avaient lieu dans les appartements de ma chère maîtresse, et ses serviteurs y étaient souvent admis. Qu'elle était bonne et gracieuse, ma chère maîtresse, ainsi que sa belle-sœur, la marquise de Pescara! deux anges descendus sur la terre! Souvent je les ai vues assises humblement l'une près de l'autre, l'Evangile sur leurs genoux, bonnes autant que belles... Ah! quels jours bénis que ceux-là! Mais aujourd'hui Clarisse reste seule; tous sont morts ou ab-

9

sents. Mais patience : le Seigneur n'oubliera pas la pauvre servante, lorsque le moment sera venu.

Vingt-deux ans auparavant, les doctrines réformées avaient trouvé à Naples de fermes soutiens. Un certain nombre de croyants se réunissaient autour d'un Espagnol de haute naissance et d'une intelligence peu commune, nommé Jean Valdez, qui, envoyé par Charles-Quint dans une ambassade allemande, trouva la lumière qui devait resplendir sur le reste de sa vie; il lut les écrits de Luther et reçut dans son cœur les vérités divines. Venu à Naples comme secrétaire du vice-roi, il ne trouva aucun repos qu'il ne fût parvenu à conduire des âmes en Christ; le plus léger soupçon d'hérésie n'avait pu l'atteindre encore, que déjà il avait amené un grand nombre de personnes de la classe élevée à la connaissance de la doctrine de la justification par la foi. Par ses talents et sa position, il avait su acquérir une influence dont il ne cessa de faire usage pour le service de son divin Maître. En parlant de lui, Clarisse croyait voir encore ce visage pâle et amaigri, ce corps frêle renfermant une âme énergique.

Ayant à remettre une lettre de crédit qui

devait leur permettre de poursuivre leur
voyage, Paschali et son ami se rendirent
chez un banquier dont la demeure était située dans le quartier le plus populeux de la
ville. Ce quartier dominait cette baie de Naples
si vantée par les peintres et les poëtes, en face
de laquelle s'élève le volcan dont la légère
fumée vient souvent se mêler aux nuages et
se change la nuit en colonne de feu.

— Le marquis de Vico ne demeure-t-il
pas près d'ici? demanda Négrino à l'homme
d'affaires; je crois me souvenir que son
palais est situé près de la baie.

— Oui, ici à deux pas; mais depuis qu'il
vit séparé de son fils, on ne le voit nulle
part.

— Galeazzo Caraccioli a choisi la bonne
part, répondit Paschali; il regarde comme
peu de chose les souffrances qui ne sont que
pour un temps.

— Tout cela est très-beau, sans doute,
interrompit le banquier avec embarras; mais
lorsqu'un homme est destiné à occuper dans
le monde une position élevée, je ne vois pas
pourquoi il devrait y renoncer. Mais voici
votre argent, et si j'ai un conseil à vous
donner, c'est d'agir avec beaucoup de prudence; car on dit qu'aussitôt que le duc

d'Albe aura réussi à établir ici même l'Inquisition espagnole, les premiers coups seront
portés sur le territoire des Calabres, où vous
dites vouloir vous établir ; alors...

Et un mouvement d'épaules très-expressif
semblait dire que ce serait un déluge uni-
versel.

CHAPITRE XXXIV.

Les colonies de la Calabre.

Les cloches du monastère qui s'élevait sur la colline retentissaient au loin. A ce son harmonieux et doux, annonçant l'*Ave Maria*, tous les hommes suspendaient leurs travaux pour murmurer une prière : le pâtre reconduisant son troupeau, le paysan dirigeant son attelage, tous faisaient le signe de la croix. L'Italie tout entière était comme enveloppée dans une dévotion presque idolâtre.

Nos voyageurs avaient repris leur marché, et, malgré un soleil brûlant, ils atteignirent enfin les premières maisons de la frontière vaudoise ; mais pressés d'arriver à San-Sesto, ils continuèrent leur route, traversant un

pays de collines boisées et de vallées fertiles. L'air était chargé du parfum des oran-
gers et du myrte à l'odeur douce et péné-
trante ; le cri monotone de la cigale cachée
dans les hautes herbes , le chant de quelque
oiseau réfugié dans le taillis retentissaient
au loin. Quel tableau et quelle paix ! Le
cœur de Francesco tressaillit de bonheur
à la pensée de ce qu'éprouverait Bianca ,
si Dieu leur accordait de s'y trouver ensemble.

Le soleil avait disparu à l'horizon ; la nuit
était venue ; des multitudes d'étoiles scin-
tillaient sous la voûte des cieux , tandis que
des myriades d'autres étoiles s'allumaient
sur la terre : des mouches brillantes volti-
geant dans tous les sens illuminaient les
lieux les plus sombres.

Jamais pareil spectacle ne s'était offert au
regard de notre jeune ami , qui resta immobile de surprise à la vue de ces gracieux in-
sectes, si nombreux et si étincelants.

— Retraite toute trouvée, murmura Négrino, si jamais la persécution venait nous
chercher ici.

— La colonie compte quatre mille personnes, observa Francesco ; c'est beaucoup, et
je ne puis m'empêcher d'espérer que le gou-

vernement de Philippe hésitera longtemps avant de permettre la persécution.

— Vous ignorez donc que l'Eglise ne se laisse arrêter par aucun scrupule ; quoi qu'il en soit, vous savez comme moi que pas un cheveu de notre tête ne peut tomber sans que Dieu le permette. Confions-nous donc en lui, et avant d'aller plus loin, mes frères, chantons un cantique de louange.

Les voix furent entendues du village, et Négrino, qui marchait le premier, avait à peine atteint les premières maisons, que déjà les habitants attendaient sur leurs portes ; mais sans se laisser arrêter par cette curiosité, il avança toujours jusqu'au moment où, arrivé devant une chaumière de modeste apparence, il ouvrit la porte et se trouva au milieu d'une famille réunie pour le repas du soir.

Le père s'était levé ; mais à peine eut-il jeté un regard sur le nouveau venu, que, le serrant dans ses bras, il s'écria :

— Mon cher frère, est-ce bien toi ? Sois mille fois le bienvenu parmi nous !

— Je vous amène le nouveau pasteur, dit Négrino en présentant Paschali ; un pasteur qui ne faiblira jamais devant le danger et restera fidèle à la vérité, quoi qu'il arrive.

Un sourire plein de tristesse vint effleurer

les lèvres du jeune ministre de Dieu, tandis que le Vaudois jetait sur lui un regard scrutateur :

— Sois le bienvenu au milieu de nous, dit-il enfin, au nom de notre divin Maître.

Bientôt la nouvelle s'étant répandue que le pasteur attendu était arrivé, les voisins accoururent pour lui serrer la main, et, dès le lendemain, Paschali commença la belle et sainte tâche qu'il avait désiré remplir.

— Appelé auprès de vous, mes frères, pour vous annoncer la bonne nouvelle du salut, mon devoir m'impose la pénible tâche de vous rappeler ce que, je le crains, vous avez trop oublié : c'est que nous devons confesser le nom de Christ en toute circonstance; et quant à moi, je dois vous déclarer ici que rien ne me fera renoncer à proclamer hautement la divine vérité, n'ayant d'autre crainte que celle d'offenser Dieu.

Ce fut ainsi que Paschali annonça les principes qui devaient le guider dans son ministère, et en écoutant ces paroles si ferventes, tous se sentirent pénétrés d'un profond remords pour leur infidélité passée : cette âme intrépide venait de ranimer celles de ses auditeurs; une vie nouvelle allait commencer pour eux.

CHAPITRE XXXV.

Menace d'orage du côté du nord.

Fidèle aux paroles exprimées dans son premier sermon à San-Sesto, Paschali, partout où se trouvait quelque Vaudois, allait annoncer l'Evangile de Christ sans que rien pût l'arrêter. Un tel zèle ne pouvait rester sans effet ; un grand nombre de ses auditeurs cessèrent d'assister au culte catholique, ne se laissant plus effrayer par le système d'espionnage dont ils étaient entourés.

De tous côtés la nouvelle se répandit qu'un ardent prédicateur luthérien arrivé du Nord cherchait à travailler contre l'Eglise romaine ; mais imposer silence à l'intrépide évangéliste n'était pas chose facile. D'ailleurs, les Vaudois étaient protégés par les conventions les plus positives ; depuis nombre d'années elles avaient été fidèlement observées, et garantissaient certaines libertés de culte et la libre jouissance d'un prédicateur.

— Tu devrais peut-être agir avec plus de prudence, dit un jour Négrino à son ami ; il n'est pas nécessaire d'être aussi véhément.

— La vérité doit être annoncée avec courage ; trop longtemps la Parole de Dieu a été répandue avec lâcheté et faiblesse. As-tu donc oublié la confession d'Angrogne et comment le synode exhorte tout disciple de Christ à déclarer hautement sa foi pour la gloire de Dieu ? Quant à ma vie, pour laquelle tu trembles peut-être, je ne crains rien ; je l'ai donnée à Dieu ; laissons-le donc faire ce qui lui semblera bon.

Une année s'écoula ainsi. Des menaces d'orage se faisaient voir dans le lointain ; mais le ciel sous lequel vivaient les Vaudois était encore serein, tandis que toutes les autres contrées de l'Italie éprouvaient déjà les douleurs de la persécution. Souvent Francesco et sa femme (qui était venue le rejoindre) se félicitaient d'avoir cherché un refuge dans cette heureuse contrée où ils pouvaient servir Dieu en paix et simplicité de cœur. Paschali venait souvent les visiter dans leur petite maisonnette couverte de vigne et située non loin de la ville de La Guardie, dont les fortifications avaient été construites dans le but de protéger la ville du côté de la mer.

Un soir, Bianca était assise dans le petit jardin qui entourait la maison, attendant le retour de son mari; à ses pieds, sur l'herbe touffue, jouait un petit enfant. Le regard de la jeune femme contemplait avec admiration le reflet du soleil couchant sur la mer lointaine. Quelques légères vapeurs rosées entouraient le globe de feu, et dans le lointain étaient amoncelés des nuages gris bordés d'or qui se dirigeaient vers le sud.

— Mon petit ange, mon chéri, voici ton père! Regarde donc là-bas; tu le vois, n'est-ce pas, ainsi que notre cher pasteur?

Et, prenant l'enfant dans ses bras, la jeune mère s'avança vers ceux qui gravissaient lentement la colline; mais avant de les atteindre, elle avait déjà compris qu'une affaire importante les occupait tous deux. Francesco ne la reçut pas avec son sourire accoutumé, et ce fut à peine s'il remarqua la présence de son fils. Pour l'absorber ainsi, il fallait une circonstance bien grave : l'effrayant fantôme de la persécution vint aussitôt glacer d'épouvante la pauvre Bianca.

Comme elle marchait derrière les deux amis, les mots, « le marquis... appelé à comparaître, » arrivant jusqu'à elle, ne confirmèrent que trop ses craintes.

— Qu'as-tu donc, chère petite femme? dit enfin Altiéri frappé de son silence; serait-ce la nouvelle de cette citation devant le marquis qui t'effraie ainsi? Mais où donc est ta confiance en notre Dieu? Celui qui nous a délivrés dans six afflictions est-il donc sans puissance pour nous sauver à la septième?

— Dis-moi, Francesco, dis-moi la vérité; qu'est-ce qui peut avoir amené ce changement soudain dans les sentiments du marquis?

Une légère nuance d'embarras passa sur le front du jeune homme; mais, se remettant aussitôt, il reprit :

— Je t'avoue que je l'ignore. Il se peut que, pour sauver les apparences vis-à-vis de la cour de Rome et de Philippe d'Espagne, le marquis soit obligé de feindre une rigueur que son cœur désavoue; car, à moins d'être un monstre de fausseté, il est impossible de croire qu'il nous soit devenu hostile. Ne te mets donc pas en peine, chère Bianca, et ne te laisse pas aller à l'inquiétude. Notre Dieu nous a promis la force selon nos jours.

— Mais notre fils, Francesco, notre fils ! (Et toute l'angoisse de la pauvre mère fut exprimée dans les baisers passionnés dont elle couvrit son enfant.) Nous pouvons tout supporter ; mais lui ?

— Voyons, calme-toi. Ne sais-tu donc pas que Dieu l'aime plus que toi, et que tu dois te confier en lui ? Le grain de semence de moutarde est plus gros, hélas ! que notre foi. Et pourtant nous nous appelons chrétiens et nous déclarons attendre une vie meilleure.

Pendant cette conversation, Paschali marchait en avant, la tête haute. Il réfléchissait à ce qui l'attendait et à l'orage qui paraissait gronder au-dessus de sa tête. Son âme énergique, s'élevant à la hauteur de sa position, comprenait qu'il devait être un exemple non-seulement en paroles et en action, mais aussi par la patience ; la pensée du devoir accompli le consolait de tout.

Après que Bianca fut rentrée dans la maison, les deux amis restèrent encore devant la porte. Le soleil avait disparu, ne laissant après lui qu'une large raie d'or sur le bord de la mer d'un bleu sombre, tandis que le nuage noir, se rapprochant peu à peu, paraissait vouloir envelopper ce dernier rayon lumineux.

— Je crains qu'un orage ne se prépare du côté du nord, observa Francesco en jetant sur son compagnon un regard significatif.

— La lumière peut être obscurcie, mais jamais éteinte; le soleil de Dieu doit suivre son cours, et aucun nuage terrestre ne saurait altérer sa gloire d'une manière durable. Voulez-vous que nous lisions ensemble le psaume XLVI?

« Dieu est notre haute retraite, notre force, et notre secours dans la détresse et fort aisé à trouver. »

« C'est pourquoi nous ne craindrons point, quand même la terre se bouleverserait, et que les montagnes se renverseraient au milieu de la mer... »

« Soyez tranquilles, et reconnaissez que je suis Dieu; je serai exalté par toute la terre. »

« L'Eternel des armées est avec nous; le Dieu de Jacob est notre haute retraite. »

Grandes et sublimes paroles, même pour nous qui les lisons dans la tranquillité de nos demeures; mais que ne devaient-elles pas être pour des hommes qui, dès le lendemain, pouvaient être arrachés de leurs maisons pour être jetés dans de sombres prisons ou envoyés à une mort cruelle !

La tempête soufflait au dehors. Bianca ne pouvait trouver le repos, et, au milieu des rafales, elle entendait la voix du pasteur, qui habitait une petite chambre au dessus de la sienne. Elle ne pouvait distinguer aucune parole; mais elle comprenait qu'il priait : c'était dans la prière et dans une communion constante avec son Dieu que Paschali cherchait sa force.

CHAPITRE XXXVI.

Avant-coureur de la tempête.

Plein de force et de courage, prêt à obéir aux ordres du Maître, Paschali se mit en route dès le matin pour Foscaldo. Tous les notables de la colonie s'y trouvaient déjà, ayant à leur tête Marc d'Asceglio, qui avait été député à Genève pour demander un pasteur.

— Tout ce que je désire, disait Paschali, qui marchait à ses côtés, c'est de pouvoir prêcher le glorieux Evangile de Christ en présence du marquis, et j'espère avoir le courage de glorifier mon Maître, soit dans la vie, soit dans la mort ! Et toi, cher frère, continua-t-il en s'adressant à Francesco qui, malgré lui, se sentait pénétré d'une profonde tristesse à la pensée des êtres chéris qu'il venait de quitter, ne te souviens-tu

donc plus que notre Dieu est le Dieu vivant,
prêt à secourir ? Ne peut-il pas soumettre le
monde tout entier, museler la gueule du lion,
éteindre la violence du feu et changer la
faiblesse en force ?

Ce fut avec un visage dur et sévère que le
marquis de Spinello accueillit ses vassaux ;
car, à ses yeux, ils avaient dépassé les limi-
tes de leur liberté, et attaqué l'Eglise avec
une audace qui méritait le châtiment.

— Depuis votre arrivée dans le pays,
continua-t-il en s'adressant à Paschali, tout
a été confusion et bouleversement ; vous avez
entraîné les paisibles habitants de cette
contrée dans une révolte perpétuelle. Cet
état de choses ne peut se prolonger. Je
vous préviens donc qu'à l'avenir j'exige que
vous assistiez à la messe ; car, je vous le
dis pour la dernière fois, je ne puis me
sacrifier en protégeant des hérétiques.

Les Vaudois se regardèrent ; ils savaient
maintenant pourquoi ils étaient réunis, et ce
qu'ils avaient à redouter pour l'avenir.

— Veuillez nous pardonner, monseigneur,
dit alors Asceglio en s'avançant ; mais ce
que vous nous demandez est impossible.
C'est au nom de tous que je déclare ici que
nous n'abandonnerons jamais notre droit de

croire à cet Evangile, qui a été pour nous le moyen de salut. Nous en appelons aux conventions faites avec nos pères, d'après lesquelles ils sont venus s'établir sur les terres de vos illustres ancêtres, conventions dont la dernière a été ratifiée par Ferdinand d'Aragon, et que Philippe n'oserait enfreindre. Votre Excellence se souvient, sans doute, que par cet acte, nous avons été assurés d'une liberté complète de culte, et que nous pouvons choisir nos pasteurs. Nous n'avons rien fait qui puisse nous enlever nos priviléges. Du reste, nous devons obéir à Dieu plutôt qu'aux hommes.

— Qu'on arrête cet homme! interrompit le marquis; qu'il soit conduit sur le champ dans le donjon.

— Monseigneur, cet acte de violence est illégal; aucune accusation n'a été portée contre nous, observa Paschali.

— Nous en trouverons. D'ailleurs, n'est-ce pas assez d'avoir perverti le peuple, faisant de cette province un repaire d'hérétiques? Arrêtez aussi Paschali comme coupable de séditions. Une fois en prison, ils pourront prêcher et prier comme bon leur semble.

Un silence de mort fut la seule réponse des Vaudois consternés. Ils jetèrent sur les prisonniers un dernier regard, le seul adieu qu'ils pussent leur adresser.

— Soyez forts; ne faiblissez pas, murmura Paschali.

— Quant à vous, reprit le marquis, rentrez dans vos demeures, et réfléchissez à ce qui vient de se passer; souvenez-vous que j'attends de vous soumission et obéissance.

Et, se levant de son siége, il disparut derrière la tapisserie.

Bianca attendit longtemps le retour de son mari. Après avoir endormi son enfant, elle regarda, écouta; mais pas le plus léger bruit ne venait réjouir son oreille, et son cœur se serrait douloureusement. Elle n'était pas seule à souffrir, la pauvre femme! Dans cinquante autres chaumières, on veillait dans la même inquiétude, se demandant avec angoisse quel avait été le résultat de cette périlleuse entrevue.

Enfin, un pas approche; Francesco paraît. De quelles nouvelles est-il porteur? qu'est-il arrivé? Bianca se le demande avec terreur; mais, en le voyant sain et sauf, un cri de bonheur s'échappe de son cœur.

— Mais où donc est Paschali? demanda-t-elle bientôt; je croyais qu'il devait revenir avec toi.

— Il est en prison à Toscaldo. Te cacher la vérité serait inutile ; elle est déjà connue au milieu de nous. Asceglio, lui aussi, a été arrêté ; mais j'espère que dans quelques jours ils seront mis en liberté.

Bianca frissonna.

— Que Dieu est bon de nous avoir épargnés ! murmura-t-elle. Mais les jours mauvais sont arrivés, la malédiction de Caïn pèse sur cette contrée. Partons, Francesco ; fuyons pendant qu'il en est temps encore.

— Partir ! chère femme ; mais où aller ? Les autres parties de l'Italie sont aussi dangereuses. Non, il faut attendre et voir ce que Dieu réserve à la Calabre. Peut-être tout ceci n'est-il qu'un orage passager. L'arrestation de deux hommes n'est pas la persécution de tout un peuple, et le marquis n'oserait fouler aux pieds un traité accepté et reconnu par les puissances.

— Une puissance plus redoutable nous menace ; l'Inquisition ne reconnaît aucune loi, ni divine ni humaine. Oh ! je t'en supplie, Francesco, partons, quand ce ne serait que pour notre enfant !

— Tu oublies que la plus grande partie de notre petite fortune a été absorbée par l'achat de cette maison et de ces champs, et que jusqu'à ce que je trouve un acquéreur, il nous est impossible de partir. Souvenons-nous, ma chère femme, que Dieu est notre refuge et notre force.

CHAPITRE XXXVII.

Souffrances de Paschali.

Les vendanges étaient terminées lorsque la nouvellle se répandit que le pape Paul IV, le persécuteur, venait de mourir; heureuse nouvelle pour les protestants de tout pays, et plus encore pour ceux que son bras vengeur venait d'atteindre en Italie!

Régulièrement, tous les jeudis, le vieux pontife assistait à la congrégation du Saint-Office, l'exhortant aux mesures les plus sévères contre les hérétiques, et ses dernières paroles furent pour recommander l'Inquisition au conclave.

A peine le lion redouté eut-il fermé les yeux, que, se précipitant sur sa statue, les Romains la mirent en pièces, traînant dans la boue sa triple couronne. La fureur de la multitude ne connaissant plus de bornes, on mit le feu aux bâtiments de l'Inquisition ; les archives du Tribunal furent détruites ; et ce fut à grand'peine que le couvent des Dominicains échappa à la vengeance populaire.

L'écho de tous ces bouleversements arriva jusque dans les Calabres ; il ranima l'espérance dans le cœur de quelques-uns, tandis que d'autres n'osaient se réjouir, prévoyant que ce répit ne serait que momentané. Les événements qui suivirent ne montrèrent que trop que ces derniers avaient raison. Mais aucune nouvelle du dehors ne pénétrait dans les sombres cachots de Foscaldo, où d'Ascéglio et Paschali étaient renfermés. Quelle épreuve, pour l'ardent prédicateur, que cette inaction forcée, mille fois plus pénible que les plus cruelles souffrances ! Quelle lutte avec lui-même pour se soumettre ! car il était jeune, et la vie s'ouvrait devant lui belle et pleine d'espérance, s'il consentait à abandonner le Sauveur ; mais avec le secours de Dieu il eut la force de triompher.

La pauvre Bianca n'avait plus une heure de tranquillité ; tremblant sans cesse pour celui qu'elle aimait, son bonheur s'était évanoui. Elle oubliait, hélas ! ce que nous dit saint Paul : « Ne vous inquiétez d'aucune chose, mais exposez vos besoins à Dieu, et la paix de Dieu, qui surpasse toute intelligence, gardera vos cœurs. » Elle oubliait aussi ces paroles de Celui qui fut plus grand que Paul : « A chaque jour suffit sa peine... Les cheveux de votre tête sont tous comptés. » Si Bianca s'était souvenue de ces paroles consolantes, elle aurait trouvé le courage dont elle avait besoin.

Vainement Francesco espéra cacher à sa femme une nouvelle qui fit pâlir plus d'un visage : Stéfano Négrino, ce missionnaire bien-aimé des vallées des Alpes, avait été saisi et torturé ! Au mois de février, les trois martyrs furent transférés de Foscaldo au donjon fortifié du château de Cosenza. Jusqu'au jour du jugement dernier, les terribles secrets de cette prison resteront ignorés ; mais ce qu'il y a de certain, c'est que les tortures de Stéfano finirent par celles de la faim, et que ce fut par cette porte cruelle qu'il entra dans la joie de son Sauveur.

L'heure de Paschali n'était pas encore venue. Quelques jours après le supplice de son ami d'Ascéglio, condamné à être brûlé dans la cour du château, il fut conduit à Naples en compagnie de vingt-deux prisonniers galériens : c'est ainsi que l'homme dont le seul crime avait été de prêcher le Christ, le Sauveur, fut enchaîné avec des meurtriers. Quel voyage que celui raconté par le jeune pasteur dans des lettres retrouvées plus tard ! L'Espagnol chargé de le conduire avait en horreur le seul mot d'hérétique. Aussi, par une cruauté sans exemple, avait-il adapté à la chaîne qui liait Paschali une paire de menottes si étroitement serrées, que le fer entrait dans les chairs; il ne put être délivré qu'après avoir été jeté dans une cellule humide et sombre. Un mot, un seul, et il était libre ! Combien de fois cette douce perspective vint-elle se présenter à lui ! Combien de fois le visage de celle qu'il aimait ne lui apparut-il pas dans son obscur cachot ! Ce n'est pas au Sauveur seul que le démon murmura : « Si tu m'adores, tout ceci est à toi. » Paschali entendit ces mots, mais Dieu lui fit la grâce de rester sourd à la voix du Tentateur. Si Paul IV avait vécu, depuis longtemps il aurait fait périr sous ses yeux l'hérétique obstiné; mais Pie IV n'aspirait nullement à acquérir la réputation de son prédécesseur ; l'Inquisition n'était point son enfant chéri, et il avait même blâmé sa rigueur extrême comme étant impolitique, tout en déclarant cependant qu'il laissait au Tribunal la liberté d'agir comme bon lui semblerait. Tout ce qu'il demandait, c'était que chacun pût vivre à Rome heureux et paisible sous la protection d'un seul berger.

Ce fut le 16 mai 1560 que le Saint-Office amena enchaîné à Rome Ludovic Paschali, l'hérétique vaudois qui n'avait cessé de déclarer que le pape était l'Antechrist et le saint-siége la Babylone de l'Apocalypse.

CHAPITRE XXXVIII.

Résolution prise à San-Sesto.

Un jour de ce même mois de mai 1560, le maître d'école de San-Sesto rentra chez lui sombre et abattu ; ses enfants ne purent lui arracher un sourire, et, en le voyant ainsi, sa femme comprit qu'il venait d'apprendre quelque mauvaise nouvelle.

— Qu'est-il donc arrivé ? lui demanda-t-elle lorsque, après avoir couché les enfants, elle le retrouva assis à la même place, la tête dans ses mains.

Deux fois elle répéta la question sans obtenir de réponse, jusqu'à ce qu'enfin, levant les yeux, son mari lui dit d'une voix tremblante :

— Il y a de mauvaises nouvelles du dehors ; des visiteurs redoutables sont ici ; le Seigneur seul peut nous en délivrer.

— Mais qu'avons-nous donc fait?

— Ce que nous avons fait? Ne sommes-nous pas Vaudois, crime assez grave pour nous exposer à la mort?

— Le Seigneur aura pitié de nous! s'écria la pauvre femme. Nous ne devons pas nous laisser abattre. Mais qui sont-ils, ces visiteurs dont tu parles?

— Deux moines dominicains envoyés par le cardinal Alexandre, l'Inquisiteur général; ils arrivent ici dans le but d'extirper l'hérésie du milieu de nous; ils ont convoqué tous les habitants de San-Sesto pour demain à midi. Nous devons nous trouver sur la place, où nous apprendrons sans doute le sort qui nous est réservé.

— Le Seigneur aura pitié de nous, répéta la malheureuse femme, qui, au seul mot d'*inquisiteur*, se sentit défaillir; mais se remettant bientôt, elle alla reprendre ses occupations, sans que rien, dans sa manière d'être, pût témoigner qu'une affreuse angoisse oppressait son cœur.

Longtemps son mari resta à réfléchir sur ce qui menaçait les habitants de San-Sesto; enfin, sortant de sa rêverie, il dit à sa femme :

— Donne-moi l'Evangile.

Et ouvrant les pages sacrées, il lut ce passage si consolant :

« Heureux ceux qui sont persécutés pour la justice, car le royaume des cieux est à eux. »

— Le royaume des cieux est à eux! répéta le maître d'école, qui bientôt se sentit consolé et fortifié par le sentiment que cette vie éternelle que le Sauveur lui avait donnée ne pouvait lui être ravie, et qu'aucun ennemi ne lui arracherait cette joie à venir qui l'attendait.

Mais ses enfants! A cette pensée, une souffrance aiguë pénétra jusqu'à son cœur, et de ses doigts crispés il tourna le feuillet du livre saint.

— Ecoute, chère femme, murmura-t-il, écoute ce que dit le Seigneur : « Vous serez bien heureux lorsque les hommes vous persécuteront à cause de moi. » C'est ce qu'ils font, ajouta-t-il en laissant son doigt sur le passage : « Quand ils diront faussement contre vous toute sorte de mal à cause de mon nom. »

Il lut longtemps ce soir-là, et la force que donne la Parole de Dieu à l'heure de la souffrance vint pénétrer son âme.

Cependant la pensée de ses enfants au

berceau lui revenait sans cesse malgré lui.
Que deviendraient-ils? Quel serait leur sort?
Mille funestes images éloignèrent le sommeil de ses paupières, et la nuit s'écoula
agitée et fiévreuse.

Il n'était pas le seul que l'arrivée des deux
moines fît frémir d'angoisse ; tous les habitants de la petite ville veillèrent cette nuit,
redoutant et désirant tout à la fois la lumière
de ce nouveau jour qui devait décider de leur
sort. La souffrance la plus cruelle leur paraissait moins pénible que l'incertitude, et
lorsque ces deux êtres si redoutés se présen-
tèrent à l'heure indiquée, tous les yeux se
fixèrent sur eux.

De haute stature, enveloppé dans une robe
de laine blanche, le plus jeune portait la
tête haute, tandis que son compagnon, plus
âgé, pâle et maigre, jetait autour de lui des
regards presque timides ; mais tous deux
gardaient un visage impassible, aux yeux du
moins de ces malheureux qui savaient que
leur sort était entre leurs mains.

— Mes chers frères, dit enfin l'un des
moines, le père Valério et moi sommes envoyés ici par Son Eminence le cardinal
Alexandre, de la sainte Congrégation, et
nous venons à vous avec des sentiments

d'amour et de charité, afin de vous exhorter à renoncer à entendre tout prédicateur qui ne sera pas choisi par votre évêque. Son Eminence a été informée que certains luthériens ont pénétré parmi vous, cherchant à détruire la base de la foi ; et comme son désir le plus cher est de n'avoir avec vous que des rapports de paix, nous vous invitons, vous ici présents, à assister demain à la célébration du saint sacrifice de la messe dans l'église de la sainte Vierge ; nous pourrons ainsi distinguer l'ivraie du bon grain, et agir en conséquence.

Un cri d'indignation accueillit ces paroles. Alors le père Valério, s'avançant de quelques pas, déclara en peu de mots qu'une seule alternative leur était laissée : la rétractation ou la perte de leurs biens et même de leur vie.

— Et le traité? et la convention? s'écrièrent toutes les voix. Le traité garantissant les droits des Vaudois, que devient-il ? Est-ce ainsi qu'il doit être foulé aux pieds?

Sans se laisser effrayer par ce tumulte, les dominicains se retirèrent, remettant au lendemain la solution de ce conflit ; mais lorsqu'à l'heure fixée ils se rendirent à l'église, quelle ne fut pas leur fureur en la trouvant déserte! Les cloches sonnèrent, la messe commença ; un petit nombre de catholiques occupaient seuls quelques bancs ! Ne sachant à quoi se résoudre, les deux moines rentraient en ville le cœur plein de rage, lorsqu'ils remarquèrent qu'elle paraissait déserte et que toutes les portes des maisons étaient grandes ouvertes.

— Que se passe-t-il donc ici ? s'écria le frère Valério ; on dirait que la peste a tout dévasté. Mais j'aperçois enfin un être humain qui peut-être nous dévoilera ce mystère.

Un vieillard courbé sous le poids des années, ayant été interrogé, avoua que tous les habitants de San-Sesto avaient quitté leur demeure, leurs biens, tout ce qu'ils possédaient, afin de chercher refuge dans les bois voisins.

— Ah ! vieux radoteur, c'est donc ainsi qu'ils espèrent échapper au Saint-Office ! Mais c'est ce que nous verrons. Je les forcerai bien à sortir de leur retraite.

— Digne successeur de saint Dominique, répliqua le pauvre homme, vous qui avez massacré mes frères en Provence et allumé les bûchers de mille martyrs ; oui, frappez-moi si vous le désirez : je ne crains pas la mort ; j'ai vécu assez longtemps, et ma plus chère espérance est une vie meilleure.

— Envoyons sans retard un messager à Naples, s'écria le frère Valério. Il est temps d'en finir avec ces hérétiques.

— Je crois cependant qu'une victoire sans violence serait plus glorieuse, observa le frère Alphonse; et si vous voulez me croire, nous essaierons des mesures de douceur.

Après s'être longtemps entretenus à voix basse, les deux inquisiteurs entrèrent au couvent pour en ressortir bientôt. Ils étaient montés sur des mules, accompagnés d'une garde nombreuse, et se dirigèrent du côté de La Guardie.

CHAPITRE XXXIX.

Chasse de humaine.

La cavalcade traversa la belle vallée qui sépare San-Sesto de La Guardie, ayant au milieu d'elle les deux dominicains. Ils voyagèrent ainsi jusqu'à ce que la mer, aux eaux bleues et transparentes, vint s'étendre devant eux, tandis qu'à quelques pas s'élevaient les toits gris de la ville ou plutôt du village de La Guardie. On y arrivait par une route tracée au milieu d'un pays riche et fertile, couvert de vignes et de champs ensemencés. Aussitôt arrivés, les moines firent fermer les portes de la petite forteresse et placèrent un soldat en faction devant chacune d'elles.

Que signifiait ce mouvement hostile, et pourquoi cette arrivée? Inquiet et agité, le peuple s'empressa d'accourir sur la place, espérant y apprendre la cause de cette alarmante démonstration.

Bientôt, en effet, un des dominicains parut au milieu d'eux.

— Mes chers amis, dit-il, j'ai le bonheur de vous annoncer que tous vos frères de San-Sesto, reconnaissant enfin leur erreur, sont rentrés dans le giron de la sainte Eglise; la même route vous est ouverte, et, en suivant leur exemple, vous partagerez leur récompense. Mais je dois vous déclarer ici que si vous persistez dans votre désobéissance, nous serons obligés de vous condamner à mort; car si l'Eglise ouvre ses bras aux repentants, elle a une épée pour transpercer celui qui l'offense.

Tout cela fut dit sans aucune hésitation. Trop sincères pour croire à une trahison, sans se donner le temps de réfléchir, tous s'agenouillèrent en signe d'obéissance.

Grande victoire, mais de courte durée; car, dès le lendemain, une foule tumultueuse s'agitait sur la place. Pénétrés de honte et d'un amer repentir, comprenant leur coupable infidélité, tous déclaraient déjà vouloir rejoindre leurs frères. Néanmoins, le marquis de Spinelli calma l'effervescence en assurant que ce qui était exigé n'était qu'une affaire de forme. La plupart, croyant à la parole du maître, se décidèrent à attendre l'issue des événements ; les plus ardents rejoignirent leurs compagnons d'infortunes, bien décidés à entreprendre une lutte qui paraissait inévitable. La nouvelle ne tarda pas, en effet, à se répandre que deux compagnies de soldats venaient d'arriver afin de poursuivre les fugitifs.

Francesco et sa femme venaient de se mettre à table pour le repas du soir, lorsque la porte, s'ouvrant brusquement, donna passage à un homme de haute taille, dont la physionomie seule annonçait quelque malheur.

— C'est toi, Samson, à cette heure? Apporterais-tu quelque mauvaise nouvelle?

— Des nouvelles bien tristes et bien honteuses, répondit le jeune homme en jetant sur la table son chapeau à larges bords.

— Tu vas donc rejoindre nos frères fugitifs? demanda Francesco après avoir écouté le récit des événements que nous connaissons déjà.

— Oui, et je viens t'engager à faire comme moi ; mais il faut partir à l'instant même afin de gagner la forêt avant le jour ; car des soldats, conduits par des diables, sous la forme de moines, nous cherchent de tous côtés; rien ne peut leur échapper. Venez avec moi.

— Non, je ne saurais me décider si brusquement; avant tout, nous devons prier Dieu et lui demander de nous diriger; je t'engage à rester avec nous jusqu'à demain.

Le jeune homme refusa, et leur dit adieu en toute hâte. La nuit était sombre; mais, connaissant le pays depuis son enfance, il pénétra par des sentiers solitaires dans les profondeurs des Apennins. Ici de noires forêts, là des rochers formaient des défilés impénétrables où une poignée d'hommes aurait pu tenir une armée aux abois. Après avoir marché longtemps au milieu de cette solitude, Samson commença à éprouver un malaise indéfinissable : aucune trace humaine ne s'apercevait; pas le plus léger bruit ne se faisait entendre; le cri monotone du hibou et celui plus aigu de la cigale, venaient seuls troubler cette solitude de mort.

Epuisé de fatigue, et cherchant un lieu où il pût reposer ses membres fatigués, il se mit à gravir le rocher, et, à peine arrivé sur le plateau, il s'endormit profondément. Bientôt il rêva; il rêva qu'il était poursuivi par des chiens, dont les aboiements retentissaient à son oreille. Il voulait fuir, mais la respiration lui manquait; ses jambes refusaient leur service, et un de ces animaux paraissait déjà le saisir, lorsqu'il se réveilla le front baigné de sueur.

Les oiseaux chantaient dans le taillis, le murmure d'un petit ruisseau se faisait entendre; mais, dans le lointain, il distinguait des aboiements répétés; sans doute quelque chasseur était près de là. Souriant des terreurs de son rêve, Samson se disposait à descendre dans le ravin, lorsque de nouveaux aboiements retentirent beaucoup plus rapprochés. Il s'arrêta, écouta... ce n'était pas un aboiement ordinaire. Il écouta encore, et comprit l'horrible vérité ! Ce bruit étrange, cet aboiement sinistre était celui des limiers, amenés là pour traquer les malheureux fugitifs !

Comprenant que la fuite était sa dernière et seule chance de salut, et, voulant faire perdre sa trace, l'infortuné jeune homme s'enfonça dans le fourré; sans hésiter, il s'élança dans un bourbier fangeux, au milieu duquel était un étang recouvert de roseaux, d'où s'échappa une troupe d'oiseaux sauvages, qui, avec des cris aigus, allèrent chercher refuge sur la rive opposée. Il était sauvé! mais combien de ses compagnons échapperaient ainsi? Que d'hommes et de femmes étaient peut-être déjà saisis, arrêtés, n'échappant à la dent cruelle du limier que pour retomber dans les mains de la soldatesque de l'Inquisition !

. . . .

Ce fut ainsi que s'ouvrit la campagne contre les Vaudois, leurs ennemis faisant usage d'un expédient si barbare qu'il est inconnu de l'Europe civilisée. Mais à cette époque d'intolérance, tous les moyens étaient bons pour détruire en Italie le protestantisme; rien ne paraissait trop cruel pour arriver au but. L'histoire des Vaudois de la Calabre est écrite en lettres de sang, et des souffrances dont le seul récit fait frémir d'horreur et d'épouvante furent infligées à des hommes dont le seul crime était d'adorer Dieu selon leur conscience !

Ce jeu cruel de la chasse dans les bois se prolongea pendant plusieurs jours ; le cri « tuez, tuez! » retentissait de toutes parts. Cette soif de carnage, qui trop souvent vient se mêler à l'excitation du combat s'était emparée des soldats napolitains.

CHAPITRE XL.

Sur la roche escarpée.

Au pied d'un rocher, s'élevant à pic sur le versant de la montagne, quelques hommes étaient réunis auprès d'un grand feu qu'alimentaient de grosses branches de bois de chêne. Une tristesse profonde se lisait sur les traits de l'un d'eux, et c'est à peine si dans ce visage amaigri, ce front chargé de nuages, nous pouvons reconnaître notre ami Francesco, que quelques jours de dangers et d'inquiétudes ont plus vieilli que n'aurait pu le faire une longue suite d'années. Et comment en serait-il autrement, lorsque tout ce qu'il a de plus cher au monde est devenu l'enjeu d'une lutte désespérée ?

Bianca et son enfant sont au nombre des femmes qui forment le point central de la position occupée par les Vaudois, ravin sauvage que des cavernes ténébreuses rendent une retraite assurée.

L'un des compagnons de Francesco est le maître d'école qui, lui aussi, tremble pour les siens. Nous retrouvons également Samson, sauvé comme par miracle, et qui, posté en faction du côté du sentier, le seul qui soit accessible, va et vient d'un pas lent et mesuré. Tous sont armés ; des faucilles, des piques pointues, des hallebardes et quelques épées rouillées sont les seuls moyens de défense de ces malheureux Vaudois : toute leur confiance repose sur Dieu et sur l'avantage que la nature elle-même leur promet. Des quartiers de roches réunis sur de certains points rouleront sur l'ennemi à la première attaque. La sainteté de leur cause et le désespoir sont les armes sur lesquelles s'appuient leur courage. Hélas ! ce courage est bien nécessaire ; car la rumeur est venue jusqu'à eux que le cardinal Alexandre, l'Inquisiteur en chef, est arrivé de Naples avec de nouvelles troupes, temporelles et spirituelles, et que Son Altesse le vice-roi doit le suivre avec pleins pouvoirs civils et militaires.

Plongé dans de sombres pensées, le petit groupe gardait un morne silence, lorsque le maître d'école s'écria tout à coup :

— Mes frères, élevons nos cœurs à Dieu! Christ est vivant; confions-nous en lui.

Et, d'une voix qu'il parvint à rendre ferme, il prononça quelques-unes des paroles qui avaient consolé Savonarole :

« Mon cœur, repose-toi en Jésus, et laisse les hommes combattre; il est ton Dieu.

» Prenez donc vos armes, vous ennemis de tout ce qui est bon. Votre haine est la bienvenue; nous ne vous craignons plus. »

— Nous ne devons pas oublier, continua la même voix, que les armes des chrétiens ne sont pas charnelles, et que nous ne devons tirer l'épée qu'à la dernière extrémité.

— Et ne sommes-nous pas à la dernière extrémité? demanda un jeune armurier de La Guardie; notre devoir ne nous oblige pas cependant à nous laisser égorger comme des brebis timides.

— As-tu donc oublié, interrompit le maître d'école, que le Seigneur nous dit : « Si un homme te frappe sur la joue, présente-lui aussi l'autre? »

— Mais il me semble, dit enfin Francesco,

qui jusque-là avait suivi d'un regard distrait les oscillations de la flamme, qu'en résistant aux Inquisiteurs et à leurs troupes, nous ne faisons que remplir notre devoir, et que le crime du sang versé repose sur les hommes qui nous poursuivent. Notre Dieu connaît toutes choses ; il sait que nous ne combattons que pour sauver de la mort ceux qu'il nous a confiés. Toutefois, je voudrais qu'il fût possible d'entrer en négociation avec nos ennemis.

— Mon espérance, reprit l'armurier, repose sur la force de notre position ; elle coûtera bien des vies à nos ennemis et une grande perte de temps ; nous avons fait ce soir le tour des rochers, et bien habile est celui qui parviendra à escalader notre forteresse.

— Malgré cela, je voudrais encore essayer de parlementer.

Et, se levant, Françesco se dirigea du côté d'un précipice qui s'élevait au bord de bois épais. Arrivé là, il s'arrêta ; le murmure des feuilles agitées par le vent troublait seul le silence ; aussi loin que le regard pouvait s'étendre, il était impossible de distinguer la trace d'un être humain. Mais Francesco avait acquis trop d'expérience pendant sa vie agitée pour pouvoir ignorer que bien souvent ce silence est une dangereuse illusion, et que chaque buisson, chaque plante de fougère peut cacher un ennemi. Il songea à l'inégalité de la lutte, à l'ignorance de simples villageois et artisans obligés de combattre avec des soldats initiés à l'art de la guerre. Le combat inégal du géant philistin et du jeune berger se présenta alors à sa mémoire : « Tu viendras vers moi avec une épée et une lance; moi je viendrai au nom de notre Dieu que tu as défié. »

Consolé par ces paroles de David, notre ami reprit courage, se répétant que la cause de Christ peut être vaincue un moment, mais que la vérité divine doit être un jour glorifiée sur toute la terre. Il pensait à cela, lorsque tout à coup il vit un homme qui, sortant des broussailles, murmura : « Chut ! »

— Chut ! répéta l'inconnu en voyant Francesco reculer de quelques pas. J'ai à te parler, reprit-il à voix basse ; n'appelle pas ; ne crains rien : je suis sans armes.

— Mais que me voulez-vous? demanda notre ami, qui hésitait encore, lorsqu'un vague souvenir l'arrêta, et, entraîné malgré lui, il s'approcha.

— Je cherche à te rejoindre depuis trois jours, reprit le nouveau venu, désirant te rendre un service à toi et aux tiens; je puis te montrer le lieu de refuge le plus sûr dans tous les Apennins.

— Si c'est là tout ce que tu as à me dire, je dois t'arrêter comme espion; pourquoi serais-tu un ami pour moi?

— Parce que je n'ai pas oublié la prison de Locarno.

Cette réponse si simple vint remettre devant les yeux d'Altiéri des images oubliées depuis longtemps.

— Tu dois te souvenir du brigand blessé que tu as guéri. Depuis ce moment, j'ai fait le vœu que si jamais je rencontrais celui que j'avais insulté et qui m'avait sauvé la vie, je chercherais à m'acquitter envers lui.

— Je te remercie, ami, et je te crois; mais où donc est ce refuge assuré dont tu parles?

— A quelques pas d'ici. C'est une caverne où ta femme et ton fils peuvent rester en toute sûreté pendant plusieurs mois; des arbres touffus en masquent l'entrée. Mais ce n'est pas tout; j'ai encore autre chose à te dire. Un nouveau danger vous menace. Une proclamation vient de paraître, promettant le pardon à tous ceux d'entre nous qui aideront à exterminer les hérétiques, et, connaissant les plus petits sentiers de la montagne, nous pouvons mieux que personne guider les troupes dans tous les défilés.

L'anxiété la plus vive se peignit sur les traits du pauvre Francesco ; car, il ne le comprenait que trop, ces limiers expérimentés étaient bien plus dangereux que les chiens les mieux dressés !

— Et tu dis qu'aucun homme ne connaît l'existence de cette caverne ? reprit-il ; mais je ne puis quitter mon poste avant demain matin.

— J'attendrai.

Et, se glissant au milieu des rochers, le bandit disparut, laissant si peu de traces de son passage que, lorsque Francesco revint, quelques heures plus tard, il lui fut impossible de reconnaître l'endroit où il l'avait quitté. Mais enfin une espèce de sifflement lui ayant fait lever la tête, il vit son nouvel ami sortir du fourré.

— Je m'étais endormi, dit celui-ci ; mais le passage d'un lièvre m'a réveillé. Partons bien vite ; car une demi-heure plus tard nous risquerions d'être surpris. Ne crains rien ; ta femme sera en parfaite sûreté.

CHAPITRE XLI.

L'assaut.

Le soleil venait de paraître à l'horizon, et son disque rouge éclairait déjà le sommet des montagnes dentelées, laissant encore dans l'ombre le plateau élevé, devenu le lieu de refuge des Vaudois. Ce plateau, qui s'étendait à droite et à gauche, se terminait par un ravin profond et escarpé; un seul côté en était accessible; aussi toute la science des assiégés avait-elle dû se porter sur ce point dangereux.

Une barricade d'arbres gigantesques venait d'être jetée sur le bord du précipice au-dessus duquel s'élevait une masse effrayante de pierres et de morceaux de roches qui à la première attaque pouvaient être jetés sur les

assaillants. Ces hommes courageux venaient
d'achever leur travail, lorsque le soleil parut
dans toute sa gloire.

Pressés de remettre leur cause entre les
mains de leur Dieu, ils s'agenouillèrent et
prièrent. Quelles prières, quelles ardentes
supplications s'élevèrent ainsi jusqu'au ciel !
Ils étaient encore prosternés au pied de leur
Sauveur, implorant son secours et sa miséricorde, lorsqu'un éclaireur vint annoncer
que les troupes s'avançaient dans le défilé.

Si, jusqu'à ce jour, la troupe bien expé-
rimentée et bien armée avait considéré
comme un simple jeu le combat qui se pré-
parait, à mesure qu'elle pénétrait dans ce
passage sombre ét ténébreux les difficultés
de l'entreprise lui apparaissaient; enfin le sentier devenant presque impossible à reconnaître, le capitaine fit appeler le paysan qui
devait leur servir de guide. Avançant cependant
malgré les obstacles, la petite armée arriva
en face de la barricade et de cet amas de
pierres que des hommes désespérés se dispo-
saient à lancer sur eux. Etonné et inquiet,
le chef de la troupe venait de faire halte,
ne sachant s'il devait avancer ou reculer,
lorsqu'un homme parut sur le rocher opposé et agita un mouchoir blanc.

— Ah! les drôles! s'écria-t-il; les voilà qui demandent merci.

Pendant un instant, on put le croire; car, peu habile sans doute dans l'art de la négociation, oubliant peut-être combien l'ennemi était peu porté à la compassion, l'envoyé commença par le prier d'avoir pitié des femmes et des enfants; mais autant aurait valu supplier le vautour d'épargner l'agneau sans défense.

— Trêve à tous ces discours! interrompit brusquement le capitaine; rendez-vous, et le vice-roi décidera de votre sort. Des rebelles tels que vous ne peuvent espérer aucune pitié.

— Nous ne sommes pas des rebelles; tout ce que nous demandons, c'est de pouvoir servir Dieu selon notre conscience.

— Il n'y a pas moyen de faire entendre raison à ces obstinés! Sonnez la charge, et donnons une leçon à ces téméraires.

Mais l'avant-garde avait à peine fait quelques pas, qu'un spectacle étrange vint frapper ses regards. Tous les assiégés étaient à genoux, non pour demander grâce, mais pour implorer le secours de leur Dieu tout-puissant à cette heure terrible qui allait décider de leur sort!

11

La troupe se lança en avant avec des cris retentissants, et déjà les premiers rangs touchaient la barricade, lorsqu'une avalanche de pierres vint tout balayer sur son passage, chacune d'elles frappant un ennemi.

Epouvantés, les soldats reculèrent. Profitant de ce premier instant de confusion, les Vaudois se précipitèrent au milieu d'eux. Un combat acharné s'ensuivit; enfin l'étroit défilé, obstrué par les morts et les blessés, laissa à peine une retraite aux fuyards, tandis que sur la colline s'élevait un chant de louange et de bénédiction.

Honteux et confus de sa défaite, le capitaine revint auprès de ses supérieurs avec un récit bien différent de celui qu'ils attendaient. Cependant les vainqueurs ne se faisaient aucune illusion : ils comprenaient, hélas! que leur victoire elle-même n'était que l'avant-coureur de la tempête, et que leur seule chance de salut reposait sur un nouveau combat et une défense désespérée.

CHAPITRE XLII.

La maison en ruines.

Les vapeurs de la nuit n'étaient pas encore dissipées, lorsque Francesco Altiéri, accompagné du brigand devenu son ami, se dirigea du côté de sa demeure abandonnée. Après avoir traversé les bois épais et la petite plaine marécageuse, ils venaient d'atteindre les terres cultivées qu'éclairaient les premiers rayons du soleil levant, lorsqu'ils s'arrêtèrent frappés de stupeur.

Verts et florissants quelques jours auparavant, les champs et les prairies étaient à cette heure entièrement dévastés; il semblait qu'une trombe eût tout balayé sur son passage : les vignes avaient été arrachées, les mûriers dépouillés de leurs feuilles. A cette vue, le brigand ne put retenir un cri de douloureuse indignation.

— C'est une guerre digne des Turcs et des païens, dit-il, ne se doutant pas, dans son ignorance, que le premier principe de la loi mahométane est de ne jamais détruire aucun arbre et aucune plante utile à l'homme. Ah ! j'aperçois là-bas de la fumée : sans doute quelque maison qui aura brûlé ! j'espère que ce n'est pas la tienne.

— Je n'ose croire qu'elle ait été épargnée, à en juger par ce que nous voyons ici, répondit Francesco qui cherchait à endurcir son cœur.

Hélas ! il n'était que trop vrai, les murs blancs tapissés de verdure de cette demeure chérie ne vinrent plus frapper ses yeux, mais une ruine noircie d'où s'échappait encore un léger nuage de fumée. Oui, la jolie et paisible habitation n'existait plus ! le mur d'enceinte était renversé, les arbres étaient déracinés, les fruits arrachés de leurs branches. A l'intérieur tout avait été brûlé, brisé; des poutres à demi consumées soutenaient encore quelque partie du toit.

— Viens ! allons-nous-en ! dit enfin le brigand qui voyait son compagnon prêt à défaillir; la meilleure partie de tout ceci te reste encore; je veux dire ta femme et ton enfant. Allons, courage !

Anéanti sous le poids de tant d'épreuves, Francesco resta longtemps plongé dans de sombres pensées; se remettant enfin, il pria son ami d'aller à la ville voisine lui acheter ce qui leur était le plus nécessaire, désirant rester seul au milieu de ces ruines.

C'en était donc fait! il ne possédait plus rien! Tout avait disparu; tout ce qui lui parlait de son bonheur passé avait été détruit! Mais peut-être cette ruine totale était-elle un enseignement providentiel pour l'avenir : désormais il devait tourner les yeux vers une autre patrie; il savait que Dieu montre à ses enfants sa volonté par des événements, et Francesco commença à songer au moyen de se soustraire au danger. Ses biens étaient ensevelis dans ces champs dévastés; il devait donc s'éloigner. « La vie n'est-elle pas plus que la nourriture? »

Il réfléchissait à tout cela lorsqu'un bruit de pas attira son attention.

— Déjà de retour? s'écria-t-il en voyant s'avancer le brigand; tu n'as donc pas été jusqu'à la ville?

— Je n'ai été que trop loin, répondit celui-ci en essuyant son front. A peine étais-je arrivé

chez Chigi que j'en ai eu assez; j'avais là
cependant une belle occasion de faire fortune.

— Que veux-tu dire?

— Je n'avais qu'à me rendre à Cosenza
pour offrir mes services au vice-roi : ma fortune était faite.

— Il est donc arrivé!

— Avec toute son armée. Il a déjà livré
San Sesto au feu et au fer. Une proclamation
adressée aux catholiques vient de paraître :
elle offre une indulgence plénière à tous ceux
qui aideront à exterminer les hérétiques.

Il parlait encore lorsque son regard perçant
crut apercevoir quelque mouvement dans la
plaine.

— Voici les soldats! murmura-t-il. Ils
sont arrêtés devant une maison... Attendons,
et nous verrons bientôt de la fumée : c'est
le diable en personne laissant sur son passage une trace de feu! Ces bandits auront
bientôt envahi toute la montagne; les oiseaux de l'air ne pourront leur échapper.
Croyez-moi, ne perdez pas un instant; réfu-
giez-vous dans la grotte que je vous ai fait
connaître.

Ce fut le cœur plein de tristesse et d'angoisse que Francesco se décida à quitter pour

jamais ces lieux si aimés. Il rejoignit Bianca en toute hâte, et à peine celle-ci eut-elle jeté un regard sur son mari qu'elle comprit que de mauvaises nouvelles étaient arrivées.

— Je ferai tout ce que tu jugeras nécessaire, lui dit-elle après l'avoir écouté avec attention.

. . . .

La masse de fugitifs réunis dans les cavernes s'était peu à peu dispersée : les uns s'étaient décidés à quitter le pays pendant que la chose était encore possible ; les autres avaient cherché une retraite plus éloignée. La persécution venait de recommencer plus terrible que jamais ; le pays était en feu et les Inquisiteurs ayant publié un décret plein de douces promesses, les habitants de La Guardie, se laissant tromper une fois encore, se réunirent au nombre de soixante et dix sur la place où, bientôt saisis et garrottés, ils furent faits prisonniers.

Ce fut là le dernier coup de filet de l'Eglise, qui avait déjà en sa puissance plus de seize cents malheureux hérétiques destinés à être traités selon son bon plaisir. Tous, hommes et femmes, furent condamnés à mort pour leur foi en Christ. Jamais la noble armée des martyrs ne compta dans ses rangs une aussi nombreuse phalange que dans cette année 1560.

Fidèle à son amitié et à ses promesses, le brigand Sanza ne cessa de se dévouer à Francesco et à sa femme. Enfermés dans la grotte qu'il leur avait indiquée, ils jouissaient d'une tranquillité inespérée, et tandis qu'un grand nombre d'enfants périssaient par la famine ou l'épée, leur petit garçon grandissait en sûreté, dans une heureuse ignorance de ce qui se passait au dehors. Quelquefois, il est vrai, Bianca gémissait de ce long emprisonnement et du mal qui pouvait en résulter pour la santé du petit Cosmo, qui, privé d'air et de lumière, ressemblait à une fleur transplantée de la montagne dans une voûte sombre. Francesco lui-même était parfois saisi d'une poignante inquiétude lorsqu'il considérait les yeux du pauvre petit, qui de jour en jour devenaient plus grands, et sa joue pâle et amaigrie. Il pressentait, hélas! que le bon Berger appelait doucement à lui leur cher bien-aimé pour le faire entrer dans un monde meilleur, mais il n'osait faire part de ses appréhensions à la pauvre mère, craignant que dans son désespoir, un sentiment de révolte ne s'emparât de son cœur.

CHAPITRE XLIII.

Signe des temps.

La matinée était brûlante; le sommet des Apennins était dénué de toute verdure; pas un nuage ne venait obscurcir le ciel d'un bleu sombre. Seul, un bâton à la main, Sanza gravissait péniblement le sentier escarpé; mais arrivé sur le plateau il s'arrêta, jetant un long regard sur le pays environnant.

Comme l'aspect en était changé depuis quelques semaines! Tout avait été ravagé; là où s'élevaient jadis de riantes maisons, on ne voyait que ruines et décombres.

A voir ainsi ces champs dévastés, on aurait pu croire qu'un ouragan avait tout emporté... Oui, un ouragan! mais un de ceux que la méchanceté de l'homme peut seule soulever!

« Les pauvres gens étaient si heureux ! » murmura-t-il, ne pouvant détacher les yeux de ce triste spectacle.

Mais il dut reprendre sa marche, et se dirigea du côté de l'étroite vallée conduisant à la retraite de ses amis. D'énormes rochers s'abaissaient jusque sur une pelouse d'un vert d'émeraude, au milieu de laquelle serpentait gracieusement un petit courant d'eau qui allait se jeter dans une profonde crevasse. D'un seul bond et sans hésiter, Sanza franchit l'espace au-dessus de l'abîme, et, avançant toujours, atteignit enfin un épais taillis qui dérobait aux regards l'entrée de la caverne.

— Bonjour, ami, s'écria-t-il en apercevant Francesco ; j'apporte de bonnes nouvelles : un vaisseau est sur la côte.

Etonné de ne recevoir aucune réponse, Sanza en s'approchant aperçut le corps de l'enfant pâle et sans mouvements. Bianca ne pleurait plus ; sa douleur s'était comme épuisée par sa violence même ; mais qui peut dire ce qu'avaient été les premières heures de déchirement, lorsque la petite fleur, la joie de sa vie, avait penché la tête et cessé d'exister ?...

— Il est maintenant près de son Dieu, notre enfant chéri, et il respire l'air pur du ciel, dit-elle à son mari ; je ne voudrais pas le rappeler ici-bas.

Mais lorsque vint le moment de rendre à la terre ce trésor d'argile, et de s'en séparer pour toujours, la douleur de la jeune mère éclata en nouveaux sanglots. Néanmoins elle voulut le coucher pour la dernière fois, elle arrangea ses petits membres et croisa ses mains qu'elle recouvrit de feuilles vertes.

Lorsque tout fut fini, s'agenouillant sur la tombe de leur enfant, Francesco et sa femme prièrent longtemps, tandis que, debout, la tête découverte, Sanza écoutait.

— Maintenant, s'écria celui-ci lorsque la voix d'Altiéri eut cessé de se faire entendre, il n'y a pas un instant à perdre ; le vent est favorable, la felouque va mettre à la voile, il faut partir. Soyez prudents, parlez peu, et que le ciel vous soit en aide !

Le soleil allait disparaître lorsque les fugitifs dirent un dernier adieu à cette caverne devenue si chère à la pauvre mère qui, absorbée dans ses pensées, ne songeait même pas au danger qu'ils allaient courir. Vainement ses compagnons cherchaient-ils à la distraire : leurs paroles étaient comme un son vague et confus qui venait frapper son oreille. Sanza raconta l'état du pays et les souffrances que le nouvel inquisiteur faisait subir aux malheureux Vaudois.

— Savez-vous, continua-t-il, ce qu'on a fait à Samson ? il a été précipité du haut d'un rocher. Le malheureux respirait encore lorsqu'on l'a relevé, les membres brisés.

Pâle de terreur et d'effroi, Bianca serra le bras de son mari en poussant un gémissement; elle venait de comprendre toute son ingratitude en s'abandonnant à sa douleur, tandis que dans son infinie miséricorde Dieu lui laissait encore son époux bien-aimé.

Poursuivant leur voyage au milieu d'une contrée à peine reconnaissable, ils avaient déjà franchi les marais et les bois qui entouraient un pays jadis vert et fertile, lorsque le brigand leur fit signe de garder le silence, car ils approchaient d'une grande route.

— Nous devons nous estimer heureux si le vent n'a pas changé, dit-il enfin en levant la tête. Hâtons-nous : nous sommes à quelques pas de la mer.

CHAPITRE XLIV.

L'eau et le feu.

Le petit navire s'éloignait à toutes voiles lorsque le jour parut, laissant Stamboli au sud, et à l'est la riante côte de la Calabre. Debout sur le pont, Bianca jeta un triste et dernier regard sur la terre qui allait disparaître. De vigoureux rameurs, au teint bronzé, prêtaient leur secours aux voiles latines qui flottaient au-dessus de leurs têtes; quoique fervents catholiques, ils ne se croyaient nullement appelés à assister le Saint-Office dans son œuvre ténébreuse. Arrivés à Paliestro, ils déposèrent leurs passagers sur le rivage, leur souhaitant bon voyage et heureuse chance.

Ce repos de quelques heures avait rendu

des forces à Bianca, qui, selon le conseil de leur ami, devait revêtir le costume d'homme. Aucune précaution ne pouvait être superflue, car Francesco venait d'apprendre que de nouveaux ordres venaient d'être donnés dans toute l'Italie d'arrêter tout voyageur qui ne pourrait présenter un certificat d'orthodoxie signé de la main du prêtre de sa paroisse. Vu cet état de choses, avancer vers le Nord paraissait impossible; le seul parti à prendre était de traverser le pays vers la côte Adriatique, et arrivé là, de s'embarquer pour Venise.

Nous ne suivrons pas jour par jour nos exilés dans ce pèlerinage semé de mille dangers. La colombe sortant de l'arche n'était pas plus exposée au milieu des eaux du déluge que ne pouvait l'être le malheureux Francesco dans les républiques ou principautés de la Péninsule. A peine eut-il atteint Venise qu'il se vit entouré de nouveaux périls.

Depuis le Tyrol jusqu'au cap Spartivento, pas le plus petit coin de terre qui pût offrir asile aux réformés, pas un lieu où ne pénétrât le regard perçant du Saint-Office. Les fugitifs s'arrêtèrent quelques jours à Venise, chez un ancien ami de Francesco, un frère dans la foi nommé Antonio Ricetto, mais

ensuite, où iraient-ils? que deviendraient-ils?
L'horizon était gros de nuages; la guerre
désolait les vallées Alpines du Piémont où
ils avaient encore des parents : l'Angleterre,
où règnait Elisabeth, leur paraissait le seul
lieu de refuge assuré.

Le jeune médecin et son ami étaient assis
près d'une fenêtre. Le jour était à son déclin;
un dernier rayon du soleil couchant éclairait
encore le silencieux canal au-dessous d'eux.
De temps à autre une gondole glissait sur les
eaux, et la tranquillité n'était troublée que
par le cri d'avertissement que poussait le
batelier. Tous deux s'entretenaient des nouvelles arrivées de Rome, entre autres de la
mort du pasteur Paschali. Le récit de cette
mort existe encore écrit par le frère du pasteur, qui lui avait offert la moitié de sa fortune s'il voulait renoncer à ses croyances
évangéliques.

« C'était affreux, » raconte le zélé et ardent
catholique, « de le voir aller ainsi à la mort,
» la tête nue, les mains liées par des cordes.
» Je m'élançai pour l'embrasser une dernière
» fois, lorsque, vaincu par l'émotion, je tom-
» bai par terre.

» — Mon frère! s'écria-t-il, pourquoi t'af-
» fliger ainsi? Ne sais-tu donc pas qu'une

» feuille ne tombe pas à terre sans la volonté
» de Dieu, et que les souffrances de cette vie
» ne peuvent être comparées avec la gloire
» à venir? »

Quelques jours avant l'arrivée de Francesco à Venise, un échafaud s'élevait à Rome dans la cour du château Saint-Ange, entouré d'un amphithéâtre réservé aux spectateurs ; là était assis le pape Pie IV, prince affable et souriant, qui cependant venait assister à l'exécution d'un innocent.

Une foule de cardinaux, d'inquisiteurs et de moines de tout ordre entouraient le saint-père, tandis qu'une populace frénétique remplissait la cour. Bientôt parut le martyr, que la torture avait rendu semblable à un spectre, et dont les yeux habitués à une profonde obscurité pouvaient à peine supporter la lumière. Tous les regards étaient fixés sur lui, cherchant, mais en vain, sur ce visage altéré, quelques signes de crainte. Ce fut d'un pas ferme que Paschali monta sur l'échafaud, et d'une voix assurée qu'il déclara n'avoir à se reprocher d'autre crime que celui d'aimer Jésus, son divin Maître, et de ne pouvoir reconnaître le pape comme chef de l'Eglise.

A ces mots le signal fut donné, et le der-

nier acte du sombre drame promptement accompli. Les cendres du martyr furent jetées
dans le Tibre, et la nouvelle de sa mort
arriva bientôt à Genève où l'attendait celle
qu'il avait aimée.

— Cher père, dit tout à coup un enfant
de sept ans qu'Antonio tenait sur ses genoux;
je voudrais que ces méchants hommes soient
tous brûlés, et je voudrais moi, être grand,
afin de venger Paschali.

— Il est plus heureux maintenant, cher
petit : il est avec le Seigneur Jésus-Christ.

Et passant sa main dans les cheveux bou-
clés de son fils, Ricetto le regarda avec tristesse.

— Lisez cette lettre du saint martyr,
continua-t-il en s'adressant à Francesco qui
observait l'enfant avec une douloureuse
émotion en pensant à Cosmo; je ne puis l'entendre trop souvent; et toi, petit, écoute
bien.

« Je sens ma joie grandir de jour en jour, »
écrivait Paschali, « car j'approche de l'heure
» où je serai offert en sacrifice au Seigneur.
» Je me sens comme en liberté et suis prêt
» à mourir, non pas une fois seulement, mais
» plusieurs fois si cela était possible. »

— La persécution me paraît moins terrible

ici que dans le reste de l'Italie, dit Francesco après avoir achevé sa lecture.

— Oui, pour le moment; mais le nombre est grand cependant de ceux qui souffrent pour le nom de Christ. Baldo Lupétino, le franciscain, prédicateur éminent de la Parole de Dieu, gémit dans le donjon de notre ville depuis plusieurs années, et l'intercession de tous les princes allemands ne peut l'en faire sortir. Les Inquisiteurs menacent sans cesse de la mort Jules Guirlando, de Trévise; mais le sénat et le doge ne permettent pas le bûcher; aussi cherchent-ils un autre genre de martyre.

— Et toi, mon ami, comment as-tu fait pour leur échapper?

— Tous ne peuvent souffrir en même temps; mais j'espère ne pas renier mon Maître.

. . . .

Cinq ans plus tard, Antonio gisait dans le fond d'un obscur cachot, écoutant une offre du sénat qui lui promettait la vie et la liberté s'il voulait s'engager à suivre le culte catholique. Son fils, alors âgé de douze ans, vint le supplier de ne pas mourir... Quelques jours après, le captif fut entraîné la nuit dans une gondole et jeté à la mer!

Ce fut ainsi qu'Antonio quitta ce monde et

entra dans l'éternelle paix, tandis que ce
même Lupétino dont il venait de parler languit vingt ans dans sa prison.

Lecteurs, vous devez être fatigués d'entendre ce long et douloureux récit; et cependant,
que de cruautés, que de souffrances ignorées
qui feraient frémir vos cœurs ! Que de noms
inscrits au . ciel dans la noble armée des
martyrs !

CHAPITRE XLV.

Lueur dans la nuit.

La mère et la fille se retrouvèrent enfin. Barbara de Montalto put encore serrer sur son cœur sa chère enfant, celle qu'elle avait cru perdue pour elle. A l'époque où nous vivons, où Moscou est plus près de Londres que n'était Naples de Rome au seizième siècle, les séparations ne sont pas ce qu'elles étaient alors ; aussi que de choses à se dire, que de douloureux récits sur le cher petit ange, si promptement enlevé à sa mère ! Mais Barbara laissa ignorer à sa fille tout ce qu'elle avait souffert en voyant son mari redevenir fervent catholique, en apparence du moins, allant régulièrement à la messe, répétant à toute heure qu'il voulait vivre en paix.

Bianca ne devait rien savoir de tout cela; car sa mère était une de ces femmes qui savent supporter sans se plaindre, acceptant avec soumission et confiance la volonté de Dieu.

— Le départ de la duchesse de Ferrare a été un grand malheur pour nous, reprit Barbara après avoir donné des nouvelles de tous ses amis. Sa présence était une protection puissante ; j'ai tout lieu de croire qu'elle s'est décidée à cet éloignement par motif de conscience. Après la mort de son mari elle avouait plus ouvertement ses convictions religieuses.

— Mais je la croyais tendrement aimée de son fils.

— Toute affection cède à des considérations politiques, ma chère fille. Lorsque le duc Alphonse se rendit à Rome, au mois de mai, pour recevoir de la main du saint-père l'investiture de ses domaines, celui-ci (à ce que l'on raconte) se plaignit hautement du scandale causé par l'hérésie de sa mère. Aussi, à peine de retour, le premier soin du prince fut-il de supplier la duchesse d'agir comme du temps de son mari, et de suivre le culte public; mais rien ne put ébranler les résolutions de Renée, et son fils se vit obligé de lui demander de quitter Ferrare. Sans hésiter un

seul instant, notre chère princesse s'éloigna
pour toujours peut-être, préférant l'exil à la
duplicité.

— Toujours noble de cœur! dit Bianca
d'une voix émue; combien elle doit être
regrettée!

— Oui, ce fut un triste jour que celui où
elle dit adieu à Ferrare. Mais nous la re-
trouverons un jour dans le ciel.

Avec la duchesse Renée disparut en Italie
le flambeau de l'Evangile ; la persécution
allait atteindre tous ceux qui osaient lire ou
annoncer la divine vérité, et bientôt toute
la Péninsule fut obscurcie par d'épaisses
ténèbres.

Quelques confesseurs de la vérité divine
existaient encore, il est vrai; peut-être
même le nombre en était-il plus grand qu'on
ne le supposait. Barbara de Montalto était
parmi ceux qui ne pouvaient plier le genou
devant Baal : n'y avait-il pas sept mille
croyants dans l'idolâtre Israël lorsque Elie
le Tisbite se croyait seul? Mais dans la nuit
qui vint obscurcir l'Italie tous les chrétiens
restèrent dans le silence et dans l'ombre, bénis-
sant Dieu de ce qu'il leur était permis de mourir dans leurs lits. L'ancienne Babylone était
à peine plus désolée que les fertiles et riantes

vallées vaudoises de la Calabre ; la politique
de Paul IV était complétement victorieuse.

. . . .

. . . .

Par une belle soirée de l'année 1561, deux
personnes s'avançaient vers la petite ville de
La Tour. Devant elles s'étendait au loin la
vallée de la Luserne, au-dessus de laquelle
s'élève ce merveilleux obélisque dont le sommet va se perdre dans les nuages, le mont
Blanc. Un son lointain de cloches retentissait dans les airs, annonçant simplement que
les bestiaux rentraient du pâturage.

— Comme tout est calme et paisible ! s'écria
Bianca ; je respire enfin !

— Notre paix doit-elle donc dépendre uniquement des choses extérieures, chère femme ?
et celle que Dieu nous donne ne surpasse-
t-elle pas toute intelligence ?

Les Vaudois du Piémont venaient d'acheter
bien chèrement le calme et le repos dont ils
jouissaient enfin : quinze mois de luttes et de
douleurs, avaient été le prélude du traité signé
par Philippe de Savoie, leur assurant une
certaine liberté de conscience. Ayant été repoussé, le sauvage comte de la Trinité déclara
qu'il saurait bien tirer vengeance de sa défaite en ravageant tout le pays ; mais il fut

arrêté dans ses projets de destruction par
une longue et dangereuse maladie, et les
montagnards saisirent ce moment pour obtenir la médiation de Philippe de Savoie, qui
parvint à leur assurer le pardon de leur prince
Emmanuel-Philibert, ainsi que la promesse
d'une administration impartiale. Il fut donc
permis à tous les fugitifs de rentrer chez eux
avec une entière liberté de conscience : bienfait inestimable pour les Vaudois, mais qui
parut odieuse au chef de l'Eglise romaine.

Pie IV se plaignit amèrement de ce per-
nicieux exemple de tolérance, de ce rayon de
soleil accordé aux Alpes occidentales, extrême
frontière de son ténébreux empire. Mais,
hélas! aucun traité, aucune promesse ne pouvait rendre la vie à tant de nobles martyrs
ni relever les demeures détruites! et lorsque Francesco Altiéri et sa femme vinrent
s'établir dans les Vallées, les tristes vestiges
de la dernière guerre n'étaient que trop vi-
sibles : des châlets en ruines, des moulins à
demi consumés s'apercevaient encore. Ce
ne fut que lentement et peu à peu que ceux
qui avaient cherché un refuge dans les montagnes se décidèrent enfin à quitter leur retraite. Mais leurs amis, leurs voisins, où
étaient-ils? qu'étaient-ils devenus? Les uns

étaient prisonniers ou morts, les autres étaient mendiants sur la terre étrangère. Toutefois, sans se laisser abattre par tant d'infortunes, tous se mirent à l'œuvre pour réparer les maux passés. Quelques légères contributions leur furent offertes par des colonies plus lointaines, qui elles-mêmes avaient à peine le nécessaire.

La première année fut difficile et ces humbles chrétiens vécurent de privations, consolés, il est vrai, par le bonheur de pouvoir servir Dieu en toute liberté.

Quelques années plus tard, sur le versant d'une montagne de la vallée d'Angrogne, dans une jolie maisonnette aux murs blanchis vivait le pasteur et médecin de la contrée; son accent italien très-prononcé trahissait son origine méridionale, mais il était aimé et estimé de tous. Comme quelqu'un qui a beaucoup souffert, il était grave et sérieux; mais cela même le rendait plus capable de comprendre toutes les douleurs et de sympathiser avec tous les cœurs souffrants. Quant à Bianca, sa femme bien-aimée, sa vie ressemblait à un radieuse après-midi succédant à une matinée orageuse. Elle était entourée de plusieurs beaux enfants; mais le souvenir de son premier-né restait vivant dans son cœur

12

Chaque fois que le pasteur Altiéri et sa compagne jetaient du haut de leur montagne un regard sur leur chère Italie, leurs cœurs se serraient douloureusement en songeant à son état de ténèbres et d'ignorance. Cependant jamais les vallées vaudoises ne virent disparaître entièrement le glorieux soleil de l'Evangile ; et aujourd'hui, trois cents ans après que la lumière de la vérité a été presque éteinte en Italie, un rayon lumineux brille enfin sur les palais de Turin et de Florence, rayon destiné peut-être à se refléter sur le Tibre lui-même...

FIN.

TABLE DES MATIÈRES.

FIN DE LA TABLE DES MATIÈRES.

SE TROUVE :

A TOULOUSE ,

Chez LAGARDE , libraire, rue Romiguières , 7.

A PARIS ,

Chez Ch. MEYRUEIS et Cᵉ , rue des Saints-Pères , 33 ;
Chez J. CHERBULIEZ, lib. rue de Seine ; 33 ;
Chez GRASSART , libraire, rue de la Paix , 2 ;
Chez R. SCHULTZ , rue de Rivoli , 204 ;
Chez CHASTEL , libraire, rue Roquépine, 4.

A LYON. . . . . Chez DENIS fils , rue Impériale , 12.
A STRASBOURG.. Chez VOMHOFF , libraire ;
                 Chez TREUTTEL et WURTZ , libraires.
A NIMES. . . . . Chez PEYROT-TINEL , libraire ;
                 Chez B. GARVE , libraire.
A MONTPELLIER. Chez POUJOL , libraire.
A CASTRES. . . . Chez BONNET , libraire.
AU HAVRE. . . . Chez BENARD , lib., pl. Napoléon III , 18.
A ALGER. . . . . Chez M. ZERBIB , libraire , boulevard de
                 l'Impératrice , 44.
A GENÈVE. . . . Chez E. BEROUD et KAUFMANN, libraires.
A LAUSANNE.. . Chez BLANC, IMER et LEBET , libraires ;
                 Chez MEYER , libraire.
A NEUCHATEL. . Chez Samuel DELACHAUX , libraire;
                 Chez J. SANDOZ, librairie évangélique.
A BERNE. . . . . SOCIÉTÉ ÉVANGÉLIQUE.
A BRUXELLES. . Librairie de la Société évangélique , rue
                 Duquesnoy, 7.
A AMSTERDAM.. Chez Van BAKKENÉS et Cᵉ , libraires.